唐宋散文

郝尚勤
李秀荣　编著

天色阴沉漆黑，从张柴村以东的道路，都是官军不曾走过的，人人自以为一定得死，可是害怕李，没有人敢违抗。到了半夜，雪更加大，走了七十里来到蔡州城。靠近蔡州城有一个养鹅鸭的池子，李命令士兵们打这些鹅鸭，用它们的叫声来混淆军队的行进声。自从吴少诚抗拒朝廷命令，官军不到蔡州城下已经有三十多年，所以蔡州人没有进行防备。

【阅读中华经典】

主编　傅璇琮
副主编　黄道京　马晓乐

泰山出版社

图书在版编目（ＣＩＰ）数据

唐宋散文/傅璇琮主编. —济南：泰山出版社，
2007.4 （阅读中华经典）
ISBN 978－7－80634－586－3

Ⅰ. 唐... Ⅱ. 傅... Ⅲ. ①古典散文—作品集—中
国—唐代—青少年读物②古典散文—作品集—中国—宋
代—青少年读物 Ⅳ. I264

中国版本图书馆 CIP 数据核字（2006）第 138635 号

主　　编　　傅璇琮
编　　著　　郝尚勤　李秀荣
责任编辑　　于景明
装帧设计　　胡大伟

阅读中华经典

唐宋散文

出　　版　　泰山出版社
　　社　　址　　济南市马鞍山路 58 号　　邮编　250002
　　电　　话　　总编室（0531）82023466
　　　　　　　　发行部（0531）82025510　82020455
　　网　　址　　www.tscbs.com
　　电子信箱　　tscbs@sohu.com
发　　行　　新华书店经销
印　　刷　　沂水沂河印刷有限公司
规　　格　　150×228mm　　16 开
印　　张　　11.75
字　　数　　112 千字
版　　次　　2007 年 4 月第 1 版
印　　次　　2015 年 12 月第 3 次印刷
标准书号　　ISBN 978－7－80634－586－3
定　　价　　18.50 元

序

傅璇琮

　　这套《阅读中华经典》，是打算将我国具有悠久历史而又绚烂多彩的古典文学作品系统地介绍给广大青少年，通过注释、今译和赏析，努力克服语言和文化知识方面的一些困难，让青少年能直接接触古典文学的精华，使他们从少年时代起就对我们伟大祖国的光辉文明有清晰的了解和深切的印象。

　　广大青少年在当前改革、开放的新时期中，思想非常活跃。他们迫切需要了解社会、了解自身，他们希望了解世界的历史和现状，更希望了解中国的历史和现状。中国是一个文明古国，又处在变化发展十分强烈的当今世界中，青少年一定会从现实的千变万化、五光十色中来探索我们民族过去走过的道路，想了解这个有数千年历史的传统文化怎样给现实以投影。我们觉得，在这当中，古典文学会首先引起他们的注意和兴趣。

　　据说，多年前，北京有一所工科学院，它的专业与唐诗宋词没有多大关系，但学校却为学生开设了一门唐诗宋词的选修课，结果产生了原来预想不到的效果。学生们读完了这门课程，激发了爱国心和民族自豪感。他们知道世界上除了托尔斯泰、雨果、海明威之外，在我国历史上早就有了屈原、李白、杜甫、陆游、辛弃疾等许多非常伟大的文学家，早就有了无数优秀文学作品。这就向我们启示：在古典文学界，除了专门论著之外，还应做大

唐宋散文

量的普及工作。我们应当力求用通俗、生动、准确、优美的文笔，向广大群众、广大青少年介绍我国丰富的文学遗产，介绍我国数千年的历史长河中涌现出来的众多优秀作家、艺术家，介绍我国古代作品中的精品，使他们懂得我们民族的文学中自有它的瑰宝，足可与世界各国的文学相媲美，使他们开阔眼界，增长见识，提高文化素养和审美趣味。这对于培育爱国主义思想，加强对祖国和民族的爱，提高道德情操，丰富精神文化生活，都会起很大的作用。列宁曾说过，只有用人类创造的全部知识财富来丰富自己的头脑，才能成为共产主义者。在一定的条件下，知识是可以转化成觉悟，转化成品格的。有着较高文化素养的人，对于正确与错误，高尚与卑鄙，善与恶，美与丑，更易于作出准确的价值选择。而文化素养中，文学是不可或缺的部分，它往往能在潜移默化、对世界美好事物的多方面领略和摄取中影响人的内心和精神面貌。这是文学的社会功能的特点，也可以说是它自己的规律，这是一种整体性的修养和培育。

这套《阅读中华经典》是我国古典文学启蒙读物，就是从上面所说的宗旨出发，一是介绍知识，二是提供对古典佳作的一种美的选择，美的品尝。如果广大读者特别是青少年能从中得到某些启发，从而有助于自身文化素养和情操的提高，就将是我们最大的满足。

这套读物是采取按时代编排的做法，远起上古神话，下及《诗经》、楚辞、先秦散文、秦汉辞赋、乐府古诗、唐诗宋词、元明清诗文及戏曲小说。这样成系统地类似于教材编写的做法，能否为大家接受？我们认为：第一，这是一次试验，我们想用这种大剂量的做法来试试我们处于新时期中青少年的胃口和消化能力;我们对他们的接受能力和审美水平有充分的信心。第二,我们采取既有系统而又分册出版的办法,在统一编排中照顾到一定的灵活性,读者可以根据自己的爱好,选择自己感兴趣的一部分阅读,不必受时代先后的束缚,兴趣有了提高,可以逐步扩大阅读范围。第三,广大教师和家长们一定能给予正确的指导。目前中小学语文课本中古典作品的分量不多,这套读物正好对此做必要的补充,青少年当可以在语文课之外获得更多的知识,而老师们和家长们的正确引导和指点,无疑会进一步消除阅读中的难点,从而提高阅读的兴趣。如果老师们和家长们能事先浏览,再进而做具体的帮助,则这套读物当更能发挥其系统化的优点。

对作品的注释,考虑到青少年读者的特点,将尽可能浅显,这是克服语言障碍的最基本一环。今译的目的,一是补充注释之不足,使读者对文意能有连贯的了解;二是增加阅读的兴味,使读者对原作的思想和艺术有一个整体的感受。另外,我们还尽可能帮助读者做一些分析,以有助于认识和欣赏作品的思想意义和艺术价值。同时,结合每一时期的文学发展和文体演变,我们还做了一些文学史知识介绍。这些介绍是想对学校教学因课时所限做若干辅助讲解,青少年如能对这些方面的知识有一个大致的掌握,对进一步了解古典文学的历史发展和不同风貌,一定会有较大帮助。

最后应当说明的是,参加这套读物选注工作的,大多是中青年作者。他们在繁忙的本职工作之余,从事于此,有时往往为找到一个词语的正确答案,跑图书馆翻书,找人请教,表现了认真负责的态度和普及文化知识的可贵热情。

　　另外,这套丛书能与广大青少年读者见面,是和泰山出版社的大力支持分不开的,他们为此付出了辛勤的劳动。在这里谨向他们表示深深的谢意!

前言

　　唐朝和宋朝的散文是继先秦、两汉、魏晋南北朝以后，中国古代散文发展的又一座高峰。在这期间，涌现出了很多杰出的散文作家，出现了许多优秀的散文作品。唐宋散文以它高度的思想艺术成就和多样独特的风格，在中国文学史上放射出璀灿的光辉。

　　我们先来说说唐朝的散文。

　　唐朝从建国到唐玄宗开元年间，即从公元618年到741年，是各个方面呈现昌盛繁荣的时期，也是中国封建社会达到顶峰的阶段。在这个时期，骈文依然盛行，在文人士大夫观念中，它是和诗、赋并重的一种文学样式。而奇句单行的"古文"也就是散文，只属于实际应用的写作手段，主要用在政论和史传范围，虽不偏废，但也不重视。

　　到了唐玄宗天宝年间，就是公元742年至756年，朝政越来越腐败，在封建阶级上层出现一种清高自全、明哲保身的政治风气，在下层却渐渐出现一种愤世嫉俗、以复古求变革的思潮。由于安史之乱，促使士大夫爱国热情高涨，而朝廷政治的混乱，使忧愤和超脱、出仕和隐退这种积极的和消极的思想情绪同时存在。这样，古文使用范围慢慢扩大，影响也越来越强，比较有代表性的，是王维的《山中与裴迪秀才书》，情谊真挚，意境优雅。

　　安史之乱结束以后，藩镇割据加剧，社会矛盾越来越尖锐。这样，韩愈提出了恢复儒家道德传统，用孔孟之道来整顿当时的社会秩序的政治主张,在文学上发起了"古文运动"。柳宗元积极参加政治改革,以求革除现实政治的弊病和危害。韩愈和柳宗元的具体政治见解虽说不太一致,可根本目的却是一样的,都是为了挽救唐朝的衰落。所以,他们的文学主张非常一致,那就是反对骈文,倡导古文。

这里的"古文",是指先秦两汉的散文形式。它的特点是跟骈文相对立的奇句单行,不受对偶声律的约束。韩愈、柳宗元倡导"古文",实际上也是以复古求改革。他们并不要求摹仿先秦两汉散文,而是要求学习先秦两汉作者的精神,要求从唐朝的语言当中提炼出一种新的书面散文语言,用自己的语言,发表自己的见解。所以,韩愈和柳宗元的散文,大都言之有物、明白晓畅,文风清新活泼、自然生动,具有很强的文学性和感染力。

韩愈散文的特点是雄奇奔放,富于曲折变化,而又流畅明快;内容上复杂丰富,形式上多种多样。比如,我们所选的《师说》,即针对当时士大夫耻于向教师学习的风气,论述了人必须从师和能者为师的道理、指出"人非生而知之","道之所存,师之所存","弟子不必不如师,师不必贤于弟子,闻道有先后,术业有专攻,如是而已"。全文运用对比手法,滔滔而论,感情充沛,很有说服力。

柳宗元散文也有极高的成就,他的优秀作品大多写于他贬官永州以后,所以题材比韩愈散文要广泛,眼光也往往向下,更多从下层的社会实际出发,反映民生疾苦,抨击上层统治腐朽。《童区寄传》,以表扬唐朝西南越族少年区寄智勇抗暴的事迹,深刻地揭露唐朝边政的黑暗腐朽,表现出作者对落后的兄弟民族的深刻关心和同情。

　　唐朝末期政治一败涂地，终于走向灭亡。骈文虽然依然流行，可古文由于韩愈和柳宗元的倡导和实践，渐渐成为进步文人抨击黑暗腐朽的锐利武器，杂感式的政治短文，讽刺小品脱颖而出，非常活跃。孙樵的《书襃城驿壁》，痛心地揭露贪官污吏遍天下，人民受压榨，以及危在旦夕的黑暗现实。陆龟蒙的《野庙碑》则对腐朽的唐朝冷眼相向，讽刺它像一座乡野神庙，而痛心于愚昧善良的百姓甘愿接受那些穿着官服的神鬼偶像的欺诈压迫。

　　下面再来说说宋朝散文。

　　北宋初年，虽然社会比较安定、社会经济有一定的发展。可由于当时官僚机构特别庞大，统治阶级普遍的奢侈浪费，所以对人民的剥削越来越残酷，阶级矛盾日益尖锐，而且西北的少数民族不断侵扰边塞。以范仲淹为首的政治上的开明派积极主张改革政治，跟代表大地主阶级利益的保守派展开了斗争。同这一斗争相联系的，就是在文学上反对"西昆体"的诗文革新运动。

　　"西昆"，是以杨伦编的《西昆酬唱集》一书而得名的，书中作品大都内容单薄、感情虚假，形式上却词藻华丽、声律和谐，所以，"西昆体"实际上是六朝和唐朝初年浮躁文风的复辟。欧阳修中举以后，就极力反对西昆体，反对浮夸艳丽的形式主义文风。他亲自编校韩愈文集，写作平实古文，渐渐地掀起诗文革新运动，经过三十多年的努力，得到王安石、苏轼等人的积极支持参与，古文运动终于取得了最后胜利。

　　北宋主要散文作家的作品大都具有高度的思想性、政治性和现实性。范仲淹《岳阳楼记》中的名言"先天下之忧而忧，后天下之乐而乐"，说出了他们的博大胸怀和豪迈气概。尽管他们在尖锐复杂的政治斗争中，有的激进，有的徘徊，有的保守，可大体上都坚持了爱国爱民、忧国忧民的思想品节。

北宋主要散文作家的优秀作品大多短小精悍,而且都具有个性鲜明的独特风格和高度的典型化艺术特点。范仲淹的《岳阳楼记》表现出一位以天下为己任的爱国主义政治家形象。欧阳修的《醉翁亭记》则表现了他与民同乐的思想,形成委婉平易又真切动人的独特风格。曾巩的《墨池记》平易古雅,周敦颐的《爱莲说》清雅隽永。王安石的《游褒禅山记》寄情山水,借题发挥,喻作典型,重在说理。苏轼的《前赤壁赋》是用古文写作的抒情小赋,境界开阔,真挚感人,对于辞赋发展成为散文赋做出了重要的贡献。总之,北宋主要散文作家的优秀作品都是力求用精美的艺术来表达思想感情的。所以,他们继承发展了韩愈和柳宗元古文的优良传统,完成了文章的革新,使古文成就达到了散文历史上的又一高峰。

南宋时期,北方的金朝不断入侵。在困难临头,士民义愤的形势下,散文发出了抗敌号召和痛心疾首的救国策论。女词人李清照的《金石录后序》,充满了对国破家亡的沉痛,蕴含着政败世乱的悲愤,动人心弦,发人深省。文天祥的《指南录后序》沉郁悲壮,慷慨激昂,字里行间渗透着作者的一片爱国之情,处处闪耀着英雄主义的光辉。

南宋散文成就显然不如北宋,可在山水游记的发展上、在散文艺术的丰富上,南宋散文也是有所贡献的。范成大的《峨眉山行记》和朱熹的《百丈山记》都是精彩篇章。

总的说来,唐宋散文是我国古代散文发展的一个极其重要的历史阶段。它上承先秦、两汉、魏晋散文的优良传统,借鉴六朝文章的某些艺术技巧,适应时代需要,创作出了第一流的散文作品,为丰富我国古代文学宝库做出了重大贡献。唐宋散文更以散文主流派的地位,给元代、明代、清代直至近代的散文以巨大影响,成为一份极其珍贵的文学遗产。我们希望少年朋友们通过本书所选的作品,初步了解唐宋散文的辉煌成就,并从中获得一些有益的启示和知识营养。

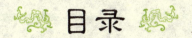

目录

滕王阁序

王　勃

豫章故郡，洪都新府①。星分翼轸，地接衡庐②。襟三江而带五湖，控蛮荆而引瓯越③。物华天宝，龙光射牛斗之墟④；人杰地灵，徐孺下陈蕃之榻⑤。雄州雾列，俊采星驰⑥。台隍枕夷夏之交，宾主尽东南之美⑦。都督阎公之雅望，棨戟遥临⑧；宇文新州之懿范，襜帷暂驻⑨。十旬休假，胜友如云⑩；千里逢迎，高朋满座⑪。腾蛟起凤，孟学士之词宗⑫；紫电青霜，王将军之武库⑬。家君作宰，路出名区⑭；童子何知，躬逢胜饯⑮。

时维九月，序属三秋⑯。潦水尽而寒潭清，烟光凝而暮山

紫⑰。俨骖騑于上路,访风景于崇阿⑱。临帝子之长洲,得天人之旧馆⑲。层台耸翠,上出重霄⑳;飞阁流丹,下临无地㉑。鹤汀凫渚,穷岛屿之萦回㉒;桂殿兰宫,即冈峦之体势㉓。

披绣闼,俯雕甍㉔,山原旷其盈视,川泽纡其骇瞩。闾阎扑地,钟鸣鼎食之家㉕;舸舰弥津,青雀黄龙之轴㉖。云销雨霁,彩彻区明㉗。落霞与孤鹜齐飞,秋水共长天一色㉘。渔舟唱晚,响穷彭蠡之滨㉙;雁阵惊寒,声断衡阳之浦㉚。

遥襟甫畅,逸兴遄飞㉛。爽籁发而清风生,纤歌凝而白云遏㉜。睢园绿竹,气凌彭泽之樽㉝;邺水朱华,光照临川之笔㉞。四美具,二难并㉟。穷睇眄于中天,极娱游于暇日㊱。天高地迥,觉宇宙之无穷㊲;兴尽悲来,识盈虚之有数㊳。望长安于日下,目吴会于云间㊴。地势极而南溟深㊵,天柱高而北辰远㊶。关山难越,谁悲失路之人㊷;萍水相逢,尽是他乡之客㊸。怀帝阍而不见,奉宣室以何年㊹?

呜呼!时运不齐,命途多舛㊺,冯唐易老,李广难封㊻。屈贾谊于长沙,非无圣主㊼;窜梁鸿于海曲,岂乏明时㊽?所赖君子见机,达人知命㊾。老当益壮,宁移白首之心㊿;穷且益坚,不坠青云之志⓼。酌贪泉而觉爽,处涸辙以犹欢⓽。北海虽赊,扶摇可接⓾;东隅已逝,桑榆非晚⓿。孟尝高洁,空余报国之情⓫;阮籍猖狂,岂效穷途之哭⓬?

勃,三尺微命,一介书生⓭。无路请缨,等终军之弱冠⓮;有怀投笔,慕宗悫之长风⓯。舍簪笏于百龄,奉晨昏于万里⓰。非谢家之宝树,接孟氏之芳邻⓱。他日趋庭,叨陪鲤对⓲;今兹捧袂,喜托龙门⓳。杨意不逢,抚凌云而自惜⓴;钟期既遇,奏流水以何惭㉕?

呜呼!胜地不常,盛筵难再㉖;兰亭已矣,梓泽丘墟㉗。临别赠言,幸承恩于伟饯⑩;登高作赋,是所望于群公⑪。敢竭鄙怀,恭疏短引⑪。一言均赋,四韵俱成⑫。请洒潘江,各倾陆海云尔⑬。

讲一讲

王勃(649~676),字子安,绛州龙门(今山西省河津县)人,是唐朝初年著名诗人,跟杨炯、卢照邻、骆宾王号称"初唐四杰"。他的著作有《王子安集》。

滕王阁:楼阁的名称,是唐高祖李渊的儿子滕王李元婴在652年任洪州都督时建造的,位于江西省西昌市赣江边,滕王阁和湖南省的岳阳楼、湖北省的黄鹤楼号称"江南三大古楼"。

① 豫章:汉朝时的郡名,唐朝改叫洪州。故:从前。洪都:就是洪州。

② 翼轸(zhěn):两个星宿名。衡:衡山,在今湖南省。庐:庐山,在今江西省。

③ 襟:衣服的前襟。带:衣服上的带子。三江五湖:说法一直不一样,在这里好像指的是娄江(就是刘河)、东江(现已没有)和松江(就是吴淞江)。五湖就是太湖。控:控制。蛮荆:古时候人们称楚国为蛮荆,这里指的是湖南省和湖北省一带。引:在这里可以解释成"延伸"。瓯(ōu)越:指今浙江省南部以及福建等地。

④ 物华天宝:地上物产的精华,上天赋予的珍宝。龙光:指宝剑的光芒。牛:牛宿,不是牵牛星。斗:斗宿,不是北斗星。墟:居住的地方,这里指的是星座。

⑤ 人杰地灵:人才杰出,地气灵异。徐孺:人名,就是徐稚

（zhì，"稚"的繁体字），字孺子，东汉著名文人。豫章太守陈蕃不喜欢接待客人，却专门给徐稺准备一张床。徐稺走后，他就把床悬挂起来不用。下：放下。榻（tà）：床。

⑥ 雄州：大州，指洪州。雾列：好像陈列在雾气中。俊采：出众的人物。星驰：好像星星在天上光彩四射。

⑦ 台隍（huáng）：楼台城池，指洪州城建。枕：占据。夷：指湖北省和浙江省等地。夏：指中原地带。美：美才，俊秀的人才。

⑧ 都督：官名。阎公：尊称姓阎的都督。雅望：高尚的名望。棨（qǐ）戟：带有外套的戟，用做仪仗。遥临：从遥远的地方光临。

⑨ 宇文：双姓。新州：地名，指今广东省新兴县一带。这里是说姓宇文的新州刺史。懿范：美好的典范。襜（chān）帷：车上的帷帐，这里指车马。暂驻：暂时停歇。

⑩ 十旬休假：唐朝的时候，官吏十天休假一次。胜友：高贵的朋友。

⑪ 千里逢迎：接待千里而来的客人。高朋：高贵的朋友。

⑫ 腾蛟起凤：形容文采飞扬，就像蛟龙腾空，凤凰起舞。孟学士：姓孟的文官，担任学士官。词宗：大家敬仰的文章大师。

⑬ 紫电青霜：形容兵器锋利，明亮得像闪电，雪白得像白霜。王将军：姓王的武官，职衔是将军。武库：兵器库。

⑭ 家君：王勃称自己的父亲。作宰：做地方长官。王勃的父亲在交趾县做县官。路出名区：路过著名的地区，指洪州。

⑮ 童子：王勃对自己的称呼。何知：知道什么。躬逢胜饯：有幸亲自参加这么盛大的宴会。

⑯ 维：语助词。序：顺序。三秋：秋季，这里指秋天的最后一个月，即九月。

⑰ 潦(lǎo)水：雨后的积水。烟光：阳光照射下的云雾。凝：凝聚。暮山：傍晚的山峰。

⑱ 俨(yǎn)：整齐。骖騑(cān fēi)：指驾车的马。上路：上坡的山路。崇阿(ē)：高大的山丘。

⑲ 临：来到。帝子：和下句的"天人"，都是指滕王李元婴。洲：指滕王阁前边的沙洲。得：得到，到了。旧馆：过去住的地方。

⑳ 层台：层层的楼台。耸：高耸。翠：指绿色的琉璃瓦。重霄：高高的天空。

㉑ 飞阁：房檐四角如飞翼的楼阁。流丹：形容楼阁房檐上下红色的漆非常鲜艳，好像要流下来似的。下临无地：(滕王阁)建在高处，好像下边空不着地。

㉒ 汀(tīng)：水边的平地。凫(fú)：水鸟。渚(zhǔ)：水中的小洲。穷：穷尽，指整个都能够看到。屿(yǔ)：小岛。萦回：萦绕。

㉓ 桂殿兰宫：意思是说，楼阁旁的宫殿都是用桂兰这样的香木建成的。即冈峦之体势：宫殿是随着山势建成的。

㉔ 披：开。绣闼(tà)：雕饰华丽的门。俯：俯视，低着头往下看。雕甍(méng)：有雕塑装饰的屋脊。

㉕ 山原：山野平原。旷：远处。盈视：满目看去都是。川泽：河流沼泽。纡(xū)：睁开眼睛向上看。骇瞩(hài zhǔ)：举目瞭望眼前的景象，使人感到惊讶。

㉖ 闾阎(lú yán)：这里指里巷的房屋。扑地：遍地都是。钟鸣鼎食：古代高官贵族吃饭时摆上铜铸的食器，敲钟奏乐。这句是说，洪州城里遍地住的是豪门贵族。

㉗ 舸(gě)、舰：指的都是大船。弥：满。津：渡口。青雀、黄龙：指船上雕着青雀、黄龙一类的装饰。轴：同"舳(zhú)"，指船只。

㉘ 云销：云消失了。霁(jì)：雨停天晴。彩彻区明：彩虹贯彻明亮的天空。

㉙ 落霞：没落的晚霞。鹜(wù)：野鸭。长天：辽阔的天空。

㉚ 响穷：响彻。鼓蠡(lí)：就是鄱(pó)阳湖。滨：湖边。

㉛ 雁阵：指大雁飞行时的行列。惊寒：指大雁到了秋天向温暖的南方飞。声断：指大雁的鸣叫声非常凄厉。衡阳：地名，在湖南省。有一座回雁峰，传说大雁南飞到了这里就停住，春天再往北飞。浦：水边。

㉜ 遥襟：远大的胸怀。甫：刚刚。畅：舒畅。逸兴：高雅的兴致。遄(chuán)：快，迅速。

㉝ 爽籁(lài)：长笛短箫的乐声，总指音乐。纤歌：细声歌唱，指娇柔的歌声。凝：凝聚，歌声萦绕的意思。遏(è)：停住。

㉞ 睢(suī)园：就是汉朝梁孝王的竹园，在今河南省商丘县南边。凌：胜过。彭泽：地名，今江西省彭泽县，东晋时期诗人陶渊明曾经在彭泽当过县官。这里指的是陶渊明，用来比喻这次盛会的气派超过陶渊明隐居饮酒的乐趣。

㉟ 邺(yè)水：指邺郡，就是今河南省临漳县，汉末，曹操在这里聚集文士，宴会吟诗，形成文学繁荣活跃的风气。这里用来比喻这次盛会。朱华：红艳的荷花。临川：地名，今江西省临川县。南北朝时期诗人谢灵运在临川当过太守，这里指的是谢灵运。临川之笔：指的是谢灵运《拟魏太子邺中集诗》。这里是说，这次盛会也能成为后世流传佳话，激发后人追慕之情。

㊱ 四美：古时候，人们把美好的时光、美好的景色、高兴的心情和快乐的事情叫做"四美"。具：齐全。二难：指好的主人和客人。并：一起，聚合的意思。

㊲ 睇眄（dì miàn）：任情观看。中天：天空中。极：尽。娱游：就是娱乐游玩。暇日：空闲的假日。

㊳ 迥（jiǒng）：远。穷：穷尽。

㊴ 识：认识，领悟到。盈虚：圆满和亏空，指人事的兴旺衰落、成功和失败。有数：有一定的气数、规律。

㊵ 长安：地名，今陕西省西安市。目：远看。吴会（kuài）：地名，东汉时分会稽郡为吴、会稽二郡，合称"吴会"。

㊶ 极：尽头。南溟（míng）：南海。

㊷ 天柱：传说，昆仑山上撑住天的铜柱叫"天柱"。北辰：北极星。

㊸ 关山难越：形容道路非常遥远很不好行走。悲：同情的意思。失路之人：在当官的路上不得志的人。

㊹ 萍水相逢：形容人们偶然聚会。

㊺ 怀：怀念。帝阍（hūn）：皇宫守门的人，在这里指的是皇帝居住的地方。奉：侍奉，伺候，也可以解释成"奉召"。宣室：汉朝皇宫里边一座宫殿的名字，汉文帝曾经在这里召见过贾谊。

㊻ 时运不齐：齐，今"济"（jì），运气不好。舛（chuǎn）：不幸，不顺利。

㊼ 冯唐：西汉时期人，在汉文帝、景帝、武帝三朝一直当郎官。汉武帝时，有人推举冯唐，可他已九十多岁，不能为国家服务了。易：容易。李广：西汉时期抗击匈奴的名将，虽多次立下战功，却一直没有被封侯。

⑱ 屈：委屈。贾谊：汉朝青年政治家，汉文帝时被排挤出朝廷，当了长沙王的太傅。圣主：圣明的皇帝。

⑲ 窜：逃窜。梁鸿：东汉时期人，有贤才，因不满时政，作《五噫》之歌，被迫逃到了齐鲁之间躲避。海曲：海边偏僻的地方。乏：没有。明时：政治清明的时代。

⑳ 赖：依靠。见机：看到细微的预兆。达人：通达事理的人。知命：知道天赋命运。

㉑ 宁：哪能。移：改变。

㉒ 穷：穷困。且：将。青云之志：高尚的志向。

㉓ 酌（zhuó）：舀取。据说广州城外有一股泉叫"贪泉"，人喝了会变得贪心。可一个叫吴隐之的人喝下"贪泉"水，反倒很清廉。涸辙：道路上车轮碾成的轨迹，很干燥。《庄子》里有一篇，一个高官讲道一条鱼在干涸的车辙里快死了，求过路人给它一点水。过路人答应从西江引水来救它。鱼生气地说："等水引来，我早就死了。"这里反用这个典故，是说君子虽然处在艰难境地，但仍很乐观。

㉔ 赊（shē）：远。扶摇：乘风。接：到，接近。

㉕ 东隅（yú）：指早晨，意思是早年。桑榆：指晚上，意思是晚年。

㉖ 孟尝：东汉时期人，当过县官、郡守、循吏，后来隐居。汉桓帝时有人推举他，但没被任用。高洁：高尚的志趣，洁身自好。

㉗ 阮籍：魏晋之交的文学家、思想家。他常常驾车出游，没有一定的目的，遇到道路不通，就痛哭往回走。

㉘ 三尺：礼服的衣带下垂仅三尺，表示身份低下。微命：朝廷任命低微，做官很低。介：个。

㉙ 缨：绳子。等：等于。终军：人名，汉武帝时，他自告奋勇，

唐宋散文

愿受长缨把南越的君王捆到汉朝。弱冠：古时候，二十岁成人，束发加冠。刚到二十岁，称为"弱冠"，表示勉强加冠成人。

⑥ 怀：胸怀。投笔：东汉时期的班超，曾经为政府抄写书籍，后来抛下笔去参军，出使西域。宗悫（què）：南朝人，少年时叔叔问他的志向，他说："愿乘长风，破万里浪。"

⑥ 舍：舍去。簪（zān）：簪子。古时候，古大夫用它把帽子别在头发上。笏（hù）：古时候，官员上朝时用象牙或竹木做成手板。这里用簪、笏表示官职。百龄：百岁，指一生。奉：伺候。晨昏：早晚向父问安。

⑥ 谢家之宝树：东晋谢安有一次问他的子侄们："为什么人们都希望自己的子侄成才？"谢玄回答说："正如人们希望芝兰和玉树能长在自己的庭前一样。"后来，人们就把芝兰、玉树用来比喻好的子弟。孟氏之芳邻：孟子的母亲为了培养孟子的好品德，曾经三次搬家，最后选了一个对孟子有好影响的学宫附近居住下来。

⑥ 他日：以后。趋庭：快步、恭恭敬敬地从庭前走过。叨陪：奉陪。鲤：指孔子的儿子孔鲤。鲤对：据说，孔子有一次问孔鲤的学习情况，孔鲤快步、恭恭敬敬地走过庭前回答。后来，人们用它表示接受父亲的教诲。

⑥ 今兹：今天，现在。捧袂（mèi）：捧着对方的衣袖，这是相见时表示对别人一种尊敬的动作。喜：自己很高兴。托：登上。龙门：在山西省稷山县西北黄河中。东汉时期李膺名声很大，有人被他接待，叫做"登龙门"。

⑥ 杨意：就是为汉武帝养狗的杨得意，他向汉武帝推荐了辞赋作家司马相如。凌云：汉武帝读了司马相如写的《大人赋》，十

分赞赏,好像上天入云一样快意。自惜:汉武帝读《大人赋》以后,曾叹惜自己没有跟司马相如生在同一时代,以为是古人写的。恰好杨得意在身边告诉他:这是司马相如写的,是他的同乡。汉武帝才知道司马相如。

⑥⑥ 钟期:钟子期。俞伯牙善于弹琴,钟子期善于听音乐。后来人们用他来形容知音。奏流水:弹奏高山流水的音乐,此处指赋诗作文。惭:惭愧。

⑥⑦ 胜地:名胜的地方,这儿指滕王阁。不常:不是常见的。盛筵:指这次盛大的宴会。难再:很难再有。

⑥⑧ 兰亭:一个亭子的名字,故址在今浙江省绍兴县西南。晋代王羲之曾经在兰亭举行宴会,写下著名的《兰亭集序》。已矣:事情已经过去。梓(zǐ)泽:地名,在今河南省洛阳市西北。晋代贵族石崇的金谷园就在这里。丘墟:废墟。

⑥⑨ 承恩:承蒙主人的恩宠。伟饯:盛大的饯别宴会。

⑦⑩ 是所望于群公:这是希望在座的宾主。

⑦① 敢:大胆,冒昧。竭:竭尽。鄙怀:这是作者谦虚的意思。恭疏:恭敬地写出。短引:短小的序。

⑦② 这句是说,请大家分韵赋诗,都作一首回韵诗,都要成篇。

⑦③ 洒、倾:都是施展出来的意思。潘:指潘岳。陆:指陆机。两人都是晋朝诗人,从前评论家说,潘岳才能像江,陆机才能像海。云尔:如此云云。

这个地方从前叫豫章,现在改称为洪州。它属于翼轸两座

星宿对应的地区，与衡山和庐山紧紧地连接在一起。三江是它的前襟，五湖是它的衣带；西边控制着蛮荆楚地，东边远接到东南闽越。洪州物产的精华、天赋的珍宝，使宝剑的光芒直射牛、斗两个星宿所在之间；人才的杰出、地气的灵异，使陈蕃接待贤才的坐榻，只为徐稺放下来。雄伟的洪州仿佛陈列在雾气弥漫之中，出众的人才好像星宿在夜空里星光四射。城池占据着夷夏交界之地，客人和主人尽是东南的俊秀美才。洪州都督阎公这样有名望的高尚显贵，（也）千里迢迢来参加盛会；新州宇文刺史这样有美德的模范长官，他的车马只能暂时停歇。十天一次的休假之日，知名的朋友如同云彩聚集；接待千里相聚的客人，高贵的朋友把座位全都坐满。文采飞扬，像蛟龙腾空，凤凰起舞，有孟学士这样的一代文章大师；兵刃锋利，像明亮闪电，雪白似霜，有王将军这样武艺精通的高手。家父在交趾做县令，我前去探望而路过这著名的地方；年轻童子知道什么，能参加这盛大宴会真是非常有幸。

这个时候正是九月，按季节的顺序应是秋天，雨后的积水已经干枯，寒冷的潭水清澈照人，云雾在阳光的照射下凝结一起，山峰在傍晚显得一片紫色。整齐车马，行走在上坡的山路上；访问名胜，登上了高大山丘。来到滕王的沙州苑林，到了滕王的过去住处。盖着琉璃瓦的层层楼台像重叠的峰峦，耸起一片翠色，上达于九霄；回檐高飞的楼阁，红漆鲜艳欲滴，高得好像下边空不着地。仙鹤停留在水边平地，水鸟聚集在水中小洲，看遍赣江里小岛的迂曲；楼阁旁用香木建成的宫殿，随着山势而高低起伏。

推开绣饰华丽的门，俯视有雕塑装饰的屋脊，远处的山野平原尽收眼底;举目远望,河流沼泽非常壮阔,使人惊讶。里巷的房屋遍地住着都是钟鸣鼎食的豪门贵族;各种船只停满了渡口,都是雕饰着青雀黄龙的大船。云散日出,彩虹贯彻,天空明朗。西下的晚霞与孤单的野鸭一齐远飞,秋天的流水和辽阔的天空同一种色彩。渔船在傍晚传来阵阵歌唱,歌声响彻到鄱阳湖的尽头;群群大雁因气候寒冷而惊叫起来,叫声终止在衡阳的水边。

　　远大的胸怀刚刚舒畅,高雅的兴致很快飞扬。长箫短笛发出乐声,清凉的风缓缓吹来;娇柔歌声凝聚回响,洁白的云停住不行。这里好像汉代梁孝王睢园翠绿的竹林,这气派远远超过东晋陶渊明的酒兴;这里有像当年曹操父子在邺水那样的红艳荷花,它的光辉可以激发像南朝谢灵运那样的诗情。良辰美景、赏心乐事这四件美事齐全,好的主人和客人这很难凑合的双方同时聚合。放眼极目远望天空,尽情地游玩娱乐在这空闲的假日。天高地远,觉得宇宙无穷无尽;高兴到最后,悲伤会出来,领悟到事物的兴亡成败有一定的气数。遥望长安在太阳之下,远看吴会在白云之间。地势的尽头就是深深的南海,天柱的高处就是遥远的北极星。旅途上关口高山很难越过,有谁同情找不到道路的不得志的人;人们偶然相遇,全都是离开家乡的客人。常常想敲开皇帝的大门,却不能见到;什么时候才能像贾谊那样被皇帝在宣室奉召。

　　唉!时世运气不好,命里注定一生道路有许多不顺利。冯唐很快年老,李广很难被封侯。贾谊委屈到长沙,不是没有圣明的皇帝;梁鸿逃到海边偏僻的地方,怎么能说没有政治清明的时代?这些贤能的人就是依靠着君子能看到细微的预兆,通达的人知道天赋的命运。所以他们年纪虽老而志气更加雄壮，头发白了也不能改变志向；他们遭遇穷困而意志更加坚定，高尚的志向什么时候也不能放弃。就像吴隐之喝了贪泉的水，反倒更为清廉；好似鱼儿处在水干了的车辙之中，反倒自相欢欣。北海虽远，一旦乘风就可以到达；太阳东升的时光虽然消逝了，但太阳西落在桑树榆树间的时光还不算晚，早年可以有所作为。然而孟尝志趣高尚，空怀着报国之心；阮籍行为疯狂，怎么能效法他去痛哭道路穷尽。

　　我王勃身份低下，是一个书生。我没有道路可以请缨报国，虽然我的年龄和终军一样，都是二十多岁；我有着像班超那样投笔从戎的胸怀，爱慕宗悫那样乘风破浪的志向，但我甘愿一生舍掉做官的前程，远赴万里去伺候父母。我虽然并不是好的子弟，但幼年时也曾经受过孟母那样的家庭教育。将来我要快步恭敬地从庭前走过，像孔鲤那样奉陪父亲，听从教诲；今天能捧着阎公的衣袖，高兴得好像登上龙门。虽然我碰不上杨得意的推荐，使皇帝摸着我的作品赞叹，为我可惜；但我遇到钟子期那样的知音，为他赋诗作文，也就无所惭愧！

　　唉！滕王阁这样的名胜不是常常能见到的，今天这样盛大的宴会更是很难再有。兰亭的事情已经过去，梓泽的金谷园成了废墟。在分别的时候赠送良言，承蒙主人的恩惠参加了盛大的饯别宴会；登高作赋，这是主人对在座诸公的期望。我大胆地说个粗陋的感想，恭敬地写出这篇短序。总之一句话，大家都要赋诗，每首回韵八句，都要完成。请施展出潘岳如江的才情，各自倾泻陆机如海的气概，如此等等。

帮你读

这篇文章，原来叫《秋日登洪府滕王阁饯别序》，后来人们简称为《滕王阁序》。它是676年，王勃到南方交趾探望父亲，路过南昌时写下的。

据说，676年重阳节这天，洪州府新任都督阎某在滕王阁上大摆酒宴，招待宾朋好友，王勃有幸参加了这次盛会。那时，酒宴上特别流行饮酒赋诗或做文章的风气。据说阎都督的女婿事先写好一篇文章，准备在酒宴上诵读，用来夸耀自己的文采，为岳父争光。

宴会开始时，阎都督叫人捧来纸笔，请大家写文章。大家知道他的用意，都没上前。王勃却不谦让，挥笔写下了这篇《滕王阁序》。阎都督很不高兴，等到王勃把文章让大家看了，没有不佩服的，阎都督也不得不称赞他是天才。

《滕王阁序》可以分成前后两个部分，结构紧凑，一气呵成，前后呼应，脉络清楚。

前部分可划分为四个层次。

第一层，"豫章故郡……窃逢胜饯"，写的是从洪州的地理位置和人才众多，到酒宴的盛况。第二层，"时维九月……即冈峦之体势"，写的是从酒宴的时间地点，说到滕王阁的富丽雄伟。第三层，"披绣闼……声断衡阳之浦"，描写的是在滕王阁上所看到的景色。第四层，"遥襟甫畅……奉宣室以何年"，写的是从盛会欢娱到登阁远望，触景生情，引起关山失路之悲，离乡去国之感。

前部分的这四层意思，主要描写了滕王阁的景色。作者写作时,从不同的方面、不同的角度,把所看到的景色加以丰富的联想,显示出一幅滕王阁鲜明生动、生机勃勃的秋天画面,表现出了作者比较高的艺术技巧。比如,用"潦水尽而寒潭清,烟光凝而暮山紫",描写眼前的景色;用"层台耸翠,上出重霄;飞阁流丹,下临无地",形容台阁建筑的壮丽;"渔舟唱晚,响穷彭蠡之滨;雁阵惊寒,声断衡阳之浦",简直是一幅深秋傍晚湖上风光图。至于"落霞与孤鹜齐飞,秋水共长天一色",更是历来传诵的佳句。

后部分有三层意思。

"呜呼!时运不齐……岂效穷途之哭"是一层,写的是对宇文刺史在做官这条路上不得志表示同情,殷勤安慰和勉励。"勃,三尺微命……奏流水以何惭"是一层,写的是叙述自己的身世,行程万里去探望父亲,路过此地有幸参加盛会,又碰上阎都督这样的人,使自己有机会写下这篇文章。最后一层,"呜呼!胜地不常……各倾陆海云尔",说明写这篇文章,为的是纪念盛会,临别赠言,请大家分韵赋诗。

后部分的这三层意思,主要是抒情。作者运用委婉的文笔,写出了自己有抱负志向却不能得到施展的苦闷,完全是一种复杂心情的表白。比如,既说"老当益壮,宁移白首之心;穷且益坚,不坠青云之志"、"东隅已逝,桑榆非晚",表示要等待时机,准备有一番作为。接着又说,"无路请缨,等终军之弱冠"转入了消极悲观之中。

《滕王阁序》是一篇很有名的骈文,在形式上注意对仗,讲求声律,大部分句子用的都是典故,但用得非常恰当。在内容上,虽然不免有少量恭维的话,但许多语句非常精练,描绘佳妙,作者感情比较健康。长期以来,《滕王阁序》一直为人们所喜爱。

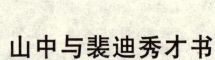

山中与裴迪秀才书

王 维

近腊月下^①，景气和畅^②，故山殊可过^③。足下方温经，猥不敢相烦^④。辄便往山中，憩感配寺，与山僧饭讫而去^⑤。

北涉玄灞，清月映郭⑥。夜登华子冈⑦，辋水沦涟，与月上下⑧。寒山远火，明灭林外⑨。深巷寒犬，吠声如豹。村墟夜春，复与疏钟相间⑩。此时独坐，僮仆静默，多思曩昔，携手赋诗，步仄迳，临清流也⑪。

当待春中，草木蔓发⑫，春山可望，轻鲦出水⑬，白鸥矫翼⑭，露湿青皋⑮，麦陇朝雊⑯，斯之不远，倘能从我游乎⑰？非子天机清妙者，岂能以此不急之务相邀⑱。然是中有深趣矣！无忽⑲。因驮黄檗人往，不一⑳。

山中人王维白㉑。

 讲一讲

王维（701～761），字摩诘，太原祁州（今山西省祁县）人。他是唐朝著名的田园山水诗人，也是一位善于画画和书法、擅长音乐、具有多方面才能的艺术家。他的著作有《王摩诘集》，又叫《王右丞集》。

山中：蓝田（今陕西省蓝田县）山中，王维在蓝田的辋（wǎng）川有一座别墅，常与裴迪等人在这里作诗游玩。裴迪也是唐朝的著名诗人。

① 近：将近。腊月：农历十二月。下：眼下。

② 景：景物。气：气候。和畅：温和畅快，表示山里不冷。

③ 故山：故居的山，指王维的蓝田别墅，因裴迪以前来过，所以这么说。殊：特别。可过：可以游赏。

④ 温经：温习经书。猥：仓促、轻率的意思。

⑤ 辄（zhé）：立刻，就。往：到……去。憩（qì）：休息。饭讫：

吃完饭。

⑥ 涉：渡过。玄：形容水色深青。灞（bà）：河流名，就是灞水。郭：外城，指蓝田县城。

⑦ 华子冈：王维蓝田别墅中一个风景区的名字。

⑧ 沦涟（lún lián）：水上波纹。辋水：河流名。与月上下：月亮的影子随着波纹来回晃动。

⑨ 寒山：指冬天的山。远火：远处人家的灯光。明灭：忽明忽暗。

⑩ 村墟：村庄。舂：捣米。疏钟：寺庙里稀疏的钟声。复：又。间（jiàn）：杂。

⑪ 曩（nǎng）昔：从前。仄迳：小路。临：面对。

⑫ 春中：仲春，农历二月间。蔓发：蔓延滋长。

⑬ 鲦（tiáo）：白鲦鱼。轻鲦出水：轻捷的鲦鱼跃出水面。

⑭ 矫翼：举起翅膀飞翔。

⑮ 皋（gāo）：这里指四野。

⑯ 陇：田坎。朝雊（gòu）：早上雄雉鸣叫。

⑰ 斯之不远：这时节并不远。倘（tǎng）：果真，倘使。

⑱ 天机：天赋聪明。清妙：清高美妙。务：事。不急之务：不是着急要办的事情。

⑲ 无忽：不要疏忽。

⑳ 驮：牲口运载。黄檗（bò）：一种能当药用，又能做染料的植物，人们也叫它黄柏。不一：不一件一件地细说。

㉑ 山中人：引自《楚辞·九歌·山鬼》："山中山兮芳杜若，饮石泉兮荫松柏"。这里用作对自己的称呼。白：告诉，陈述。

译过来

眼下将近农历十二月，景物气候温和舒畅，这故居的山中特别可以来游赏一趟。您正在温习经书我不敢前来麻烦您。我就乘便到山里去了，在感配寺里休息了一会儿，跟山上的和尚吃完饭就离去了。

往北渡过水色深青的灞水，清亮的月光映照着蓝田城郭。夜晚登上华子冈，辋水波纹荡漾，与月影一起上下晃动。寒冷的山峦上远远闪着灯光，在山村外面忽隐忽现。深深的小巷里，寒冬的狗叫声好像豹子吼一样。村落里有人在夜晚捣米，又跟着寺庙里稀疏的钟声互相掺杂。这时我单独坐着，僮仆静静地默不作声，我多么思念往事，我和你手拉着手，行走在小路上，面对着辋水清澈的流水写赋作诗。

等到仲春时节，草儿和树木蔓延滋长，春天的山可以观望，轻捷的白鲦鱼跃出水面，洁白的鸥鸟展翅飞翔，露水打湿了青青的田野，麦地的田坎上，早晨的雄雉在鸣叫。这一天并不很远，那时候您果真能来跟我一起游玩吗？如果您不是天赋清高的人，我怎么能用这不急的事情来邀请呢？可是这当中有深深的乐趣呀，不要疏忽了。因为有牲口运载黄柏的人出山，顺便托他捎信给您，不一件一件地细说了。

山中人王维陈述。

帮你读

王维是唐朝著名的诗人，很有艺术天才，不但能写诗，而且善于作画,还精通音乐。宋朝大文学家苏轼说过,王维的诗是"诗中有画",王维的画是"画中有诗"。王维的散文也写得很好,《山中与裴迪秀才书》是他写给好友裴迪的一封书信,也是一篇充满诗情画意、趣味盎然的散文。

全文可以分成三段。

第一段,从开头到"与山僧饭讫而去",主要是含蓄地表示,对裴迪不能来辋川别墅同游,感到遗憾。第二段,从"北涉玄灞"到"临清流也",写的是王维到达辋川时,在冬天月夜里看到和听到的情景,使人进入了一个扑朔迷离的朦胧世界。水面上的月影,随着波纹晃动;山野里的灯光,忽明忽暗;小巷里的狗叫,乡村里的捣谷声和寺庙里的稀疏钟声,增添了冬天月夜的神秘感。第三段,从"当待春中"到结尾,写的是王维正式邀请裴迪明年春天来游辋川,同时写出了这里的春天美景:滋长的草木,清新的春山;跃出水面的白鲦鱼,展开翅膀的沙鸥;青青的水边平地湿润的雨露,麦地上早晨歌唱的雄雉,完全是一幅意境优美的春天的图画。

这封书信显著的艺术特色是诗情画意,形象优美,才华焕发,文采灿然。最精彩的就是描写辋川冬天月夜的景象和春天早晨的景物,不但形象很有特征,而且很能启发读者的想像,富有情趣,耐人寻味。

吊古战场文

李 华

　　浩浩乎平沙无垠，夐不见人①。河水萦带，群山纠纷②。黯兮惨悴，风悲日曛③。蓬断草枯，凛若霜晨④。鸟飞不下，兽铤亡群⑤。亭长告余曰："此古战场也。常覆三军，往往鬼哭，天阴则闻⑥。"伤心哉！秦欤？汉欤？将近代欤⑦？

　　吾闻夫齐魏徭戍，荆韩招募⑧。万里奔走，连年暴露。沙草晨牧，河水夜渡⑨。地阔天长，不知归路。寄身锋刃，腷臆谁诉⑩？秦汉而还，多事四夷⑪。中州耗斁，无世无之⑫。古称戎夏，不抗王师⑬。文教失宣，武臣用奇。奇兵有异于仁义，王道迂阔而莫为。呜呼！噫嘻⑭！

　　吾想夫北风振漠，胡兵伺便⑮。主将骄敌，期门受战⑯。野竖旄旗，川回组练⑰。法重心骇，威尊命贱。利镞穿骨，惊沙入面⑱。主客相搏，山川震眩。声析江河，势崩雷电⑲。至若穷阴凝闭，凛冽海隅；积雪没胫，坚冰在须⑳。鸷鸟休巢，征马踟蹰；缯纩无温，堕指裂肤㉑。当此苦寒，天假强胡，凭陵杀气，以相剪屠。径截辀重，横攻士卒㉒；都尉新降，将军覆没；尸填巨港之岸，血满长城之窟㉓。无贵无贱，同为枯骨，可胜言哉㉔！鼓衰兮力尽，矢竭兮弦绝；白刃交兮宝刀折，两军蹙兮生死决㉕。降矣哉？终身夷狄；战矣哉？骨暴沙砾㉘。鸟无声兮山寂寂，夜正长兮风淅淅。魂魄结兮天沉沉，鬼神聚兮云幂幂㉙。日光寒兮草短，月色苦兮霜白。伤心惨目，有如是耶㉚！

吾闻之：牧用赵卒，大破林胡，开地千里，遁逃匈奴㉛。汉倾天下，财殚力痛，任人而已，岂在多乎㉜？周逐猃狁，北至太原，既城朔方，全师而还㉝。饮至策勋，和乐且闲，穆穆棣棣，君臣之间㉞。秦起长城，竟海为关，荼毒生灵，万里朱殷㉟。汉击匈奴，虽得阴山，枕骸遍野，功不补患㊵。

苍苍蒸民，谁无父母？提携捧负，畏其不寿㊶。谁无兄弟，如足如手；谁无夫妇，如宾如友。生也何恩？杀也何咎？其存其没，家莫闻知㊷。人或有言，将信将疑；悁悁心目，寝寐见之㊸。布奠倾觞，哭望天涯。天地为愁，草木凄悲㊹。吊祭不至，精魂何依？必有凶年，人其流离㊺。呜呼噫嘻时耶命耶？从古如斯。为之奈何？守在四夷㊻。

 讲一讲

李华（715～766），字遐叔，唐朝赵州赞皇（今河北省赞皇县）人。他是古文运动的先驱者。著作有《李遐叔文集》。

① 浩浩：广大的样子。乎：语气词，相当于"啊"。无垠（yín）：无边无际。夐（xiòng）：远。

② 萦（yíng）：缠绕。纠纷：形容群山重重叠叠，连绵不断。

③ 黯（àn）：黯然，昏沉沉的样子。惨悴：脸色黄瘦，这里形容惨淡荒凉。曛（xūn）：太阳落山时很暗的阳光。

④ 蓬：蓬草，也叫飞蓬。凛：凛冽。霜晨：霜冻的深秋早晨。

⑤ 铤（tǐng）：快跑。亡群：无群，四散逃跑。

⑥ 亭长：古时小吏，十里一亭，设亭长。唐代亭长管理治安和传达法令。覆：覆没。

⑦ 欤（yú）：句末语气词，表示疑问或感叹。将：抑或，还是。

⑧ 齐魏：指战国时代齐国、魏国。徭戍：徭役戍边，诸侯强迫人民承担的守卫边疆的兵役。荆韩：指战国时代楚国、韩国。招募：征兵招兵。

⑨ 河：指黄河。

⑩ 天长：岁月长久。锋刃：锋利的刀刃。腷臆（bì yì）：抑郁愁闷的心情。

⑪ 四夷：指的是少数民族。

⑫ 中州：指中原地区。斁（dù）：败坏。

⑬ 戎（róng）：我国古时候对西部少数民族的统称。夏：我国古时候对中原地区华夏民族的称呼。

⑭ 文教：文德教化，指礼、乐等典章制度。王道：就是仁义之道。莫为：无所作为。噫唔：感叹词。

⑮ 振：振动。伺（sì）：窥察。便：便利，有可乘之机。

⑯ 期门：原指皇帝亲信的侍从武士，这里用来比喻皇帝宠信的武官。

⑰ 旄（máo）旗：一种用旄牛尾装饰的军旗。川回：平川之间。组练：这里借指军队。

⑱ 利镞（zú）：锋利的箭头。

⑲ 主：指守军。客：指敌人。析：劈。

⑳ 海隅：海角。胫：小腿。

㉑ 鸷（zhì）：凶猛的鸟。踟蹰（chí chú）：徘徊，犹豫。缯纩

（zēng kuàng）：指防寒的衣服。

㉒ 假：借用。辎重：军需物资，比如武器、军粮、粮草。

㉓ 巨港：指河港。窟：饮马窟。

㉔ 贵：高贵。贱：低贱。

㉕ 矢：箭。竭：完。蹙（cù）：紧迫。

㉖ 夷狄（dí）：这里总指异族。

㉗ 寂寂：没有声音。淅淅（xī）：风声。幂幂（mì）：密布的意思。

㉘ 有如是耶：还有像这样的吗。

㉙ 牧：李牧，战国时期赵国的大将，抗击匈奴，多次立功。林胡：古时候北方少数民族匈奴当中的一支。

㉚ 倾：全部。殚（dān）：尽。痛（fū）：病，疲惫不堪。

㉛ 猃狁（xiǎn yǔn）：古时候北方的一个民族。太原：古地名，在今甘肃省固原县北。既：不久。城：修筑城池。朔方：地名，周朝时期接近猃狁活动地区。汉武帝时设立的朔方郡，在今内蒙古鄂尔多斯右翼后旗一带。

㉜ 饮至：在祭告宗庙后饮酒庆贺。策勋：把功劳记在简策上。穆穆：和穆。棣棣：雍容的气氛。

㉝ 竟：竟然，一直。荼（tú）毒：残害。

㉞ 阴山：山名。骸（hái）：骨头。患：祸患。

㉟ 苍苍：形容无数。蒸民：百姓。提携捧负：领着抱着孩子，形容非常爱护。畏：担心。寿：成长。

㊱ 生：活。咎（jiù）：罪过。

㊲ 悁悁（yuān）：忧闷的样子。

㊳ 布奠：摆好祭品。

㊴ 吊:凭吊。

㊵ 时:时世。命:命运。

译过来

浩大啊,广阔的沙漠无边无际,极远也看不见一个人。河水好像缠绕的一条衣带,群山重叠连绵不断。昏沉沉啊惨淡荒凉,风声悲鸣,日色黯淡,飞蓬折断,野草干枯,凛冽得好像是霜寒的深秋早晨;飞鸟都不敢停落,野兽都群狂乱跑。亭长告诉我说:"这就是古战场,军队曾经在这儿覆灭,经常传来鬼的哭声,天气阴沉时就能听到。"伤心呀!这战场是秦代的呢?汉代的呢?还是近代的呢?

我听说齐国魏国征发百姓防守边塞,楚国韩国的士兵是招募而来。士兵们万里奔走,连年暴露在野外沙荒。早晨在沙漠的草原上放牧,夜晚在冻冰的黄河横渡,地阔天长,不知道哪里是回去的道路。置身刀刃,向谁诉说心中的痛苦。秦汉两代以来,经常攻打四夷之地,国内耗尽了实力,没有一个朝代没有这种事情。自古戎族和华夏民族,从不对抗天子军队。自从文德教化不再宣传,武将们就争着用奇诡之计。用奇兵来取胜,跟仁义是有差别的,空谈统一天下的道理而无所作为,唉!真是可叹啊!

我想北风袭击沙漠,胡兵窥伺可乘之机,主将骄傲轻视敌人,宠幸的武官受命作战。原野竖起了将帅战旗,可道里迂回着许多军人。军法严厉,士兵心中害怕,权威尊严,士兵生命低贱。锋利的箭头穿过骨头,迅猛的沙尘刮进脸面。守军和敌人互相搏斗拼杀,高山和大河被震得昏迷,杀声使江河崩裂,阵势像电闪雷鸣。等到浓黑的云彩凝聚天空,凛冽刺骨的寒风横扫海角,积雪没到小腿,冰凌挂满胡须,凶猛的鸟在巢内休息,战马也在徘徊犹豫。防寒的衣服没有丝毫温暖,手指冻掉,皮肤冻裂。当这严寒的季节,胡兵强大起来,凭仗着肃杀天气,用它来屠杀侵扰。他们截住道路抢走军需物资,横行攻打士兵。都尉刚刚投降,将军全军覆没。死尸填满了河港两岸,鲜血流满了长城饮马水洼。不论高贵,不论低贱,全部成了干枯的白骨,言语怎能说得了啊!鼓声衰竭啊士兵使尽了力气,箭射完啊弓弦断了;白刃格斗啊宝刀折了。两军逼近啊生死决斗。投降了吧?终身成为俘虏;继续战斗吧?落个荒沙上尸骨暴露。飞鸟不叫啊山峦死一样寂寞,黑夜正长啊寒风淅沥地吹,冤魂不散啊天色低沉昏暗,鬼神聚集啊愁云密布。阳光惨淡啊荒草低矮,月色凄凉啊霜雪洁白。还有比这样令人伤心,惨不忍睹的景象吗?

我听说,李牧用赵国的士兵,大败林胡,开辟千里疆土,使匈奴逃跑。汉朝动用全国的力量,结果财物耗尽,人力疲惫。战争成败在于选择良将,哪里需要用很多的士兵啊?周朝驱逐猃狁,往北直到太原,在朔方修筑城池,全军胜利回来。回来祭告于宗庙饮酒庆贺,把功劳记在简策上,团结欢乐多么安闲;和睦雍容的气氛,弥漫在国君臣子之间。秦代修起长城,直到大海修筑关口,残害天下百姓,万里土地流满鲜血。汉朝打击匈奴,虽然夺得阴山,尸骨相枕,布满荒野,功绩不能补偿祸患。

天下无数的百姓,谁没有父母,领抱着孩子,害怕他不能成长?谁没有兄弟,亲密如同手足?谁没有夫妻,相敬得像宾客像朋友?活着没得到过什么恩惠,有什么罪过要把他们杀害?他们活着还是死了，家人没有听说消息。有时人们传来的消息，也是既相信又怀疑。心里担忧眼里含愁，睡梦中才见到亲人。摆好祭奠的供品洒酒祭地，放声痛哭遥望天涯。天地为他们忧愁，草木为他们悲伤。凭吊祭祀道路遥远不能达到，亲人魂灵归宿在什么地方？大军过后一定有凶恶的灾年，百姓四处逃荒，四处流浪，唉！是时世不好呢？还是命运不济呢？从古就是这样，有什么办法！因为四方有异族，边疆必须守卫。

帮你读

唐玄宗时，唐朝的统治者们开拓疆土，任意发动战争，好战政策给人民带来了极大的灾难。《吊古战场文》这篇散文就是针对这一社会问题而写的。它为我们描绘出了一幅阴森凄凉的古战场画面，揭示出了战争的残酷和它给人民带来的巨大痛苦，回顾了历史上的对外战争得失成败的教训和经验，提出了实行王道来安抚四夷，选择好的将领来防守边塞的主张。

《吊古战场文》采用的是骈体形式，基本上用四句式构成，描写生动，感情激切，融情入景，情文并茂，借着凭吊古战场遗迹，寄托了作者的人道主义思想。作者是唐朝古文运动的前驱者，古文运动的思想基础就是恢复《诗经》的传统，继承孔子和孟子的政治主张，推行王道。而古战场遗迹就是废掉王道的具体写照。作者充分发挥了丰富的想像，描绘出战场上可能出现的种种残酷无情的具体场面。"鼓衰兮力尽，矢竭兮弦绝；白刃交兮宝刀折，两军蹙兮生死决。……伤心惨目，有如是耶！"作者是在运用秦代、汉代和汉代以来大量的历史事实及具体描绘战争残酷的情景当中，来抒发自己的感情的，所以显得凝重深沉，鲜明有力。而且，作者在写作上注意运用骈文音律和对偶工整的特点，语言音韵和谐，读起来确实有一种意气激荡的气势，抑扬顿挫的情致，很具有慷慨悲凉之气。

师　说

韩　愈

　　古之学者必有师①。师者，所以传道、受业、解惑也②。人非生而知之者，孰能无惑③？惑而不从师，其为惑也，终不解矣④。生乎吾前，其闻道也固先乎吾，吾从而师之⑤；生乎吾后，其闻道也亦先乎吾，吾从而师之。吾师道也，夫庸知其年之先后生于吾乎⑥？是故无贵无贱，无长无少，道之所存，师之所存也⑦。

嗟乎！师道之不传也久矣，欲人之无惑也难矣^⑧！古之圣人，其出人也远矣，犹且从师而问焉^⑨。今之众人，其下圣人也远矣，而耻学于师。是故圣益圣，愚益愚^⑩。圣人之所以为圣，愚人之所以为愚，其皆出于此乎！

爱其子，择师而教之；于其身也，则耻师焉，惑矣^⑪！彼童子之师，授之书而习其句读者，非吾所谓传其道、解其惑者也^⑫。句读之不知，惑之不解，或师焉，或不焉^⑬，小学而大遗，吾未见其明也^⑭。巫医、乐师、百工之人，不耻相师^⑮；士大夫之族，曰师曰弟子云者，则群聚而笑之^⑯。问之，则曰：“彼与彼年相若也，道相似也。位卑则足羞，官盛则近谀^⑰。”呜呼！师道之不复可知矣！巫医、乐师、百工之人，君子不齿，今其智乃反不能及，其可怪也欤^⑱！

圣人无常师。孔子师郯子、苌弘、师襄、老聃^⑲。郯子之徒，其贤不及孔子^⑳。孔子曰：“三人行，则必有我师^㉑。”是故弟子不必不如师，师不必贤于弟子；闻道有先后，术业有专攻，如是而已^㉒。

李氏子蟠^㉓，年十七，好古文，六艺经传，皆通习之，不拘于时^㉔，学于余。余嘉其能行古道，作《师说》以贻之^㉕。

 讲一讲

韩愈（768～824），字退之，祖籍昌黎（今属河北省），籍贯河内河阳（今河南省孟县），所以他经常称自己是“昌黎韩愈”。他是唐朝著名文学家，“古文运动”的领袖人物，是“唐宋八大家”之一，著作有《昌黎先生集》。

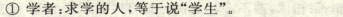

① 学者：求学的人，等于说"学生"。

② 所以：表示"用来……的"，这里指人。传道："传授圣贤之道"，指的是儒家所宣扬的修身、治国之类的学说。受业：讲授学业。解惑：解答疑难问题。

③ 孰（shú）：谁。

④ 从师：跟随老师学习。

⑤ 乎：于，在。闻：听见。固：本来。师之：以他为师。

⑥ 师道：以圣贤之道为老师，意思说，有道的就是我的老师。庸：何用，何必。

⑦ 是故：所以。无：不论的意思。

⑧ 嗟乎：感叹词，相当于"啊"。师道：做老师的道理。

⑨ 圣人：圣明的人。出人：超出平常的人。犹且：尚且。

⑩ 下圣人：在圣人之下，就是比不上圣人。而耻学于师：却以向老师学习为耻辱。益：更加。圣益圣，愚益愚：圣人更加聪明，愚人更加愚蠢。

⑪ 择：选择。于其身：对他本身。耻师焉：以向人学习、拜人为师为羞耻。惑：这里是糊涂的意思。

⑫ 彼：那些。童子：小孩子。习：教习，学习。句读（dòu）：断句，就是句子当中的停顿。所谓：所说。

⑬ 句读之不知：不知道句子当中的停顿。或师：有的情况从师。或不：有的情况不从师。

⑭ 小学而大遗：学习了小知识却漏掉了大学问。

⑮ 巫医：求神行医的人。百工：各种工匠。相师：互相当老师，就是互相学习。

⑯ 士大夫之族：读书做官的人们。

⑰ 相若：相像，差不多。道：学问。卑：低下。足羞：感到羞耻。盛：高、大。近谀(yú)：近于奉承，讨好。

⑱ 复：恢复。不齿：耻于挂齿，不谈论，看不起。智：智慧，聪明。欤(yú)：语气词，相当于"呢"。

⑲ 常师：固定的老师。郯(tán)子：春秋时期郯国(在今山东省郯城县一带)的国君，孔子向他请教过职官的名称。苌(cháng)弘：周朝时期周敬王的一个贤大夫，孔子曾经向他请教过音乐知识。师襄：春秋时期鲁国的乐官，孔子曾经向他学习弹琴。老聃(dān)：就是老子，孔子曾经向他学习过周礼。

⑳ 之徒：这一批人。贤：贤德。

㉑ 三人行，则必有我师：三人一起走，其中必定有可以做我老师的人。

㉒ 是故：因此。术业：学术和技能。专攻：专修，专长。如是而已：不过如此罢了。

㉓ 李氏子蟠(pán)：李家的孩子叫蟠。

㉔ 古文：古代文化典籍。六艺：就是《六经》：《诗》、《书》、《礼》、《乐》、《易》、《春秋》。经：《六经》的正文。传：《六经》的解释。不拘于时：不受时代风气的拘束。

㉕ 余：我。学于余：跟着我学习。嘉：赞赏。古道：古人之道，指儒家圣贤的道理。贻(yí)：赠送。

译过来

　　古时候求学的人，一定要有老师。老师是用来传授道理、讲授学业、解答疑难问题的。人并不是生下来就什么都懂得，谁能没有疑难问题呢？有了疑难问题而不跟随老师求学，他的疑难问题终究不会得到解答。出生比我早的人，他听得圣贤之道，本来在我前边，我跟随他，拜他为师。出生比我晚的人，他听得圣贤之道，如果也在我前边，我也跟随他，拜他为师。这是我的拜老师的道理，何必要知道他是生在我前、生在我后呢？所以，不论尊贵不论贫贱，不论年长不论年少，圣贤之道在哪里，老师就在哪里。

唉！从师的道理不流传很久了，想要让人们没有疑难的问题，太难了。古时候的圣明之人，他们超出平常人很多了，尚且向老师请教呢。现在的人们，他们比圣人差多了，却以向老师学习为耻辱，所以圣人越是圣明，愚人越是愚蠢。圣人之所以圣明，愚人之所以愚蠢，都是出于这个原因吧！

人们喜爱自己的孩子，选择老师来教孩子，可是他们对自己，却以向老师学习为耻羞，太糊涂了！那些孩子的老师，是教孩子写字、教孩子学习断句读书的人，并不是我所说的传授圣贤之道、解答他们疑难问题的人。断句不知道、疑难问题不能解答，有的向老师学习，有的却不去这样做，学习小知识而漏掉大学问，我看他们不明白道理。巫师、医生、乐师、各种工匠等，他们不以互相学习为耻辱；读书做官的人们，见他们互称老师、弟子等等，就聚集在一起讥笑他们，并说："这人和那人年龄相近呀，学问相似呀。向地位低下的人学习就十分羞耻，向官职高的人学习又近于讨好奉承。"唉！从师的道路不能恢复，可想而知了！巫师、医生、乐师、各种工匠之类的人们是有地位的君子不足挂齿的，但是现在君子们的智慧反倒不如他们，这不是叫人奇怪吗！

　　圣人没有固定的老师。孔子请教于郯子、苌弘、师襄、老聃。郯子这一类人，他们的贤德不如孔子。孔子说："三人一起走路，其中必定有可以做我老师的人。"因此，弟子不一定不如老师，老师不一定比弟子高明。因为听得道理有先有后，学术和专业各有专长，不过如此罢了。

　　李氏有子弟名叫蟠，年龄十七岁，爱好古文，《六经》的正文和解释，都普遍地进行学习，不受时代风气的拘束，跟着我学习。我赞赏他能实行古人的道理，写了《师说》，来赠送他。

帮你读

　　《师说》是古文当中一篇非常有名的文章，它阐明了老师的职责和作用，精辟地论述了向老师学习的重要性，批评了当时士大夫阶层中那种以向老师学习为耻辱的坏风气。

　　《师说》全文可分四个部分。第一部分从开头到"道之所存，师之所存也"：首先肯定了老师的作用，接着说不向老师学习就不能得到学问；向有知识的人学习，就不要计较人家的地位和年龄大小，提出了"道之所存，师之所存"的论点。第二部分，从"嗟乎"到"其可怪也欤"：主要是针对当时的坏风气发出的议论。第三部分，从"圣人无常师"到"如是而已"：引用例证，加深作者提出的"道之所存，师之所存"论点，强调从师的重要性。第四部分，从"李氏子蟠"到"作《师说》以贻之"：交代写作的原因，进一步赞颂从师的古道。

　　《师说》在写法上很有特点，文章只有五百多字，但结构十分严谨，说服力和感染力都很强，既用逻辑推理的方法，又用摆事实讲道理的方法；既有驳论，又有立论；既是诱导，又是批评。运用对比方法最为突出，如用"古之圣人"和"今之众人"作对比；用"士大夫之族"和"巫医、乐师、百工之人"作对比，这样来说明老师的作用和向老师学习的重要，叫人十分信服。

陋 室 铭①

刘 禹 锡

　　山不在高,有仙则名②;水不在深,有龙则灵。斯是陋室,惟吾德馨③。苔痕上阶绿,草色入帘青④。谈笑有鸿儒,往来无白丁⑤。可以调素琴,阅金经⑥。无丝竹之乱耳,无案牍之劳形⑦。南阳诸葛庐,西蜀子云亭⑧。孔子云:"何陋之有!"⑨

讲一讲

　　刘禹锡(772～842),字梦得,彭城(今江苏省徐州市)人。他是唐朝中期一位进步的思想家,优秀的诗人。他的诗歌曾经与白居易一样有名，当时称为"刘白"；在散文写作的改革上，他是韩愈、柳宗元古文运动的支持者。著作有《刘梦得文集》。

① 陋(lòu)室：简陋的房间。铭：是古代的一种文体，一般用来告诫和勉励自己而作。

② 则：就。名：动词，出名。

③ 斯：这。惟(wéi)：句首语气词。德：德行。馨(xīn)：香，指德行的美好。

④ 苔(tái)：藓苔。

⑤ 鸿：大。鸿儒：学识渊博的学者。白丁：穿布衣的平民，指缺乏文化教养的人。唐朝的制度，人们必须按照官职地位穿衣服，皇帝和皇室成员穿橙黄色衣服，大官穿的衣服是红紫色，往下是蓝绿色，最小的官穿的衣服是黑褐色，平民百姓穿素白衣服。

⑥ 调(tiáo)：弹奏。素琴：不加雕饰的琴。金经：用泥金(一种用金屑的胶水制成的颜料)写成的佛经。

⑦ 丝竹：指乐器。乱：干扰。案牍(dú)：指文书、公文。

⑧ 南阳：地名，今河南省南阳市。传说诸葛亮曾经在这里隐居。实际上诸葛亮应该是在湖北省襄阳隐居。西蜀子云亭：西汉时期扬雄(字子云)在四川省成都市住的地方，又叫"草玄堂"。

⑨ 何陋之有：引自《论语·子罕》载，孔子说："君子居之，何陋之有？"意思是说，只要是君子住在里边，有什么简陋的呢？

 译过来

山并不在乎高，只要有神仙居住就会出名；水并不在乎深，只要有蛟龙就会显灵。这是一间简陋的房间，我的德行散发芳

唐宋散文

香。苔藓的痕迹蔓延上台阶染成一片翠绿,芳草的颜色透进门帘,映得满屋碧青;在这里谈笑的是学识渊博的学者,与我来往的没有身穿布衣的庶民。这里可以弹奏朴质无华的琴,可以阅读泥金书写的佛经;没有丝竹乐器聒乱耳听,没有官书公文劳累身体。这里犹如南阳诸葛亮隐居的草房,西蜀扬子云的草玄茅亭。孔子说:"有什么简陋的呢?"

帮你读

铭,是文体的一种。《陋室铭》属于箴铭类,这类文章大多是用来规劝告诫自己的。

刘禹锡的《陋室铭》,借着赞美简陋的住房来激励自己,抒发了个人高尚的品格和安贫乐道的志趣。这同官场上的卑污相比较,恰恰形成了鲜明的对照。不过,文章当中也流露出了回避现实生活和轻视平民百姓的思想倾向。

这篇文章在写作上的特点是层次非常分明清楚,语言也很清新,简洁流畅。它以山和水作为开头并起兴,引出了陋室;接着从住房外边的环境和住房里边的人事活动等方面加以点染,烘托出陋室不陋的高雅境界。结尾引用古人的所居所言,用"何陋之有"的反问作结束,叫人读起来余味深长。

童区寄传

柳宗元

柳先生曰：越人少恩，生男女，必货视之①。自毁齿已上，父兄鬻卖，以觊其利②。不足，则取他室，束缚钳梏之③。至有须鬣者，力不胜，皆屈为僮④。当道相贼杀以为俗⑤。幸得壮大，则缚取幺弱者⑥。汉官因以为己利，苟得僮，恣所为不问⑦。以是越中户口滋耗⑧。少得自脱，惟童区寄以十一岁胜，斯亦奇矣⑨。——桂部从事杜周士为余言之⑩。

童寄者，柳州荛牧儿也，行牧且荛⑪。二豪贼劫持，反接，布囊其口，去逾四十里之墟所卖之⑫。寄伪儿啼恐慄，为儿恒状⑬。贼易之，对饮，酒醉⑭。一人去为市⑮；一人卧，植刃道上⑯。童微伺其睡，以缚背刃，力下上，得绝，因取刃杀之⑰。逃未及远，市者还，得童，大骇，将杀童⑱。遽曰："为两郎僮，孰若为一郎僮耶⑲？彼不我恩也⑳；郎诚见完与恩，无所不可㉑。"市者良久计㉒，曰："与其杀是僮，孰若卖之？与其卖而分，孰若吾得专焉㉓？幸而杀彼，甚善㉔。"即藏其尸；持童抵主人所，愈束缚牢甚㉕。夜半，童自转，以缚即炉火，烧绝之。虽疮手，无惮㉖。复取刃，杀市者。因大号，一墟皆惊㉗。童曰："我区氏儿也，不当为僮。贼二人得我，我幸皆杀之矣㉘。愿以闻于官㉙。"

墟吏白州，州白大府⑨。大府召视儿，幼愿耳⑩。刺史颜证奇之，留为小吏，不肯⑪。与衣裳，吏护还之乡⑫。乡之行劫缚者侧目，莫敢过其门⑬，皆曰："是儿少秦武阳二岁，而计杀二豪，岂可近耶⑭？"

讲一讲

柳宗元（773～819），字子厚，河东（今山西省永济县）人，所以人们称他"柳河东"。他是唐朝杰出的文学家，和韩愈倡导古文运动，合起来称"韩柳"。柳宗元著作很多，是"唐宋八大家"之一。他死后，刘禹锡把他的遗稿编成了《河东先生集》。

① 柳先生：柳宗元对自己的称呼。越人：古时候，人们把我国南方的少数民族叫做"越人"或"越"。恩：恩爱的感情。货视之：把孩子当成货物看待。

② 毁齿：指七八岁的时候。已：跟"以"字通用。鬻（yù）卖：出卖。觊（jì）：希望，希图。利：利益，好处。

③ 取：拿。他室：别人家的。束缚：捆绑。钳（qián）、梏（gù）：两种刑具。这里当作动词用，意思是戴上枷铐。

④ 至：这里是"甚至"的意思。须鬣（liè）：胡须，指成年人。屈：屈服。僮：奴仆。

⑤ 当：在。贼杀：抢劫残杀。俗：风俗，习惯。

⑥ 幸：侥幸。得：能够。壮大：长大。缚：捆绑用的绳子。幺（yāo）：小，年纪小。

⑦ 汉官：汉族官吏。以：用。苟（gǒu）：如果。恣（zì）：放纵，任凭。

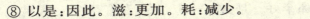

⑧ 以是：因此。滋：更加。耗：减少。

⑨ 少：很少。惟：通"唯"，当"只"讲。童区(ōu)寄：姓区名寄的儿童。斯：这。

⑩ 桂部：也叫"桂管"，"桂管经略观察使"的简称，唐代管辖今广西等地区的行政长官。从事：是对经略观察使、刺史下属官员的通称。杜周士：人名。为：给。余：我。之：指这件事。

⑪ 童寄者：儿童寄这个人。柳州：地名，今广西柳州市。荛(ráo)牧儿：打柴放牧的孩子。行牧且荛：走着放牧而且打柴。

⑫ 豪贼：强盗。反接：把两手反绑在背后。囊：装东西的口袋。这里当动词用，"装"、"塞"的意思。去：前往，到。逾：超过。墟所：集市所在的地方。

⑬ 伪：假装。啼：哭。恐慄(lì)：害怕得发抖。恒状：平常的样子。

⑭ 易：轻视。

⑮ 为市：做买卖。

⑯ 植：树立，这里可当"插"讲。刃：刀。

⑰ 微伺：暗暗窥探。背刃：背靠在刀上。得绝：割断了绳子。

⑱ 未：还没有。及：到。骇(hài)：害怕，吃惊。

⑲ 遽(jù)曰：急忙说。孰若：怎如，哪里比得上。这两句是说，给两个主人当奴仆，哪里比得上给一个主人当奴仆呢？

⑳ 彼：他。恩：恩情。不我恩：就是"不恩我"。

㉑ 郎：称贼，等于说"你"。诚：果然。见：使实现。完：保全生命。无所不可：没有什么不可以，怎么办都行。

㉒ 良久：好久。计：盘算。

㉓ 与其……孰若……：选择连词，意思是比较起来，选择这

个,不如选择那个好。是:这,这个。专:专有,独占。

㉔ 幸:幸亏。甚善:很好。

㉕ 持:挟持。抵:抵达,到。主人所:买主的所在。

㉖ 即:靠近。疮(chuāng):伤,这里指被火烧伤。惮(dǎn):害怕。

㉗ 号:号叫。一墟:整个集市。

㉘ 不当为僮:不愿意当做奴仆。

㉙ 愿:希望。闻于官:让官府知道。

㉚ 墟吏:管理集市的官吏。白:报告。州:指柳州的州衙门。大府:指桂管观察使的衙门。

㉛ 愿:憨厚老实人。

㉜ 颜证:人名,曾经当过桂管观察使兼任桂州刺史。奇之:认为他很奇特,指才能出众。

㉝ 与:给予。

㉞ 行劫缚者:专门干抢劫绑架的人。侧目:斜着眼睛看。

㉟ 秦武阳:战国时期燕国人。据说,他十三岁时杀人,有勇士的称号。后来,燕太子丹让他当荆轲的助手,去刺秦王政,没能成功。这句是说,这个小孩比秦武阳小二岁,而用计谋杀死了两个强盗,难道可以靠近吗?

译过来

柳先生说:越人缺少恩爱之情,不管生男孩和女孩,一定把孩子当成货物看待。当孩子到了七八岁以上,父母就把他们出卖,用来碰运气得到好处。自己的孩子不够,就抢别人家的孩子,把他们捆绑起来,戴上枷铐。甚至有的长胡须的成年人,力量胜不过别人,也都屈服做了奴仆。在路上互相抢劫残杀成了风俗。侥幸能够长大的人,就去用绳子捆绑抢劫年幼弱小的人。汉族官吏借着这种风气来为自己谋利,只要能够得到奴仆,就放纵他们胡作非为,不管不问。因此越人当中的户口越来越少。很少有人能使自己逃脱,只有区寄这个十一岁的孩子取得胜利,这也是非常出奇的了。——桂管的下属杜周士给我讲了这件事。

区寄是柳州地方一个打柴放牧的孩子。他正一边放牧一边打柴时,两个强盗抓住他,把他的两手反绑在背后,将布塞到他的嘴里,带到四十多里地的集市卖掉他。区寄假装像平常小孩那样哭,像平常小孩那样害怕得发抖,强盗轻视了他,两人对着喝酒,喝醉了。一个强盗离去给区寄找买主;一个强盗躺下,把刀插在道路上。区寄暗暗偷看他睡着了,把捆绑的绳子靠在刀刃上,用力上下磨,割断了绳子,就拿过刀杀死了这个强盗。区寄逃出没有到多远,去找买主的强盗回来了,又抓住了他,非常吃惊,就想要杀死区寄。区寄急忙说:"给两个主人当奴仆,哪里比得上给一个主人当奴仆。他不给我恩惠。你果真能保全我的生命,给我恩惠,没有什么不可以的。"找买主的强盗盘算了好久,说:"与其杀死这个童仆,不如把他卖了?与其卖掉他平分钱,不如我能够独占?幸亏杀死了另一个,很好。"他立刻埋藏了那个强盗的尸体,挟持着区寄来到买主的所在,把他捆绑得更加结实。半夜,儿童区寄自己转过身体,靠近炉火,把捆绑的绳子烧断了。虽然烧伤了手,也不害怕,又拿起刀,杀死了这个找买主的强盗。然后区寄大声呼叫起来,整个集市全都惊动了。区寄说:"我是区家的孩子呀,不愿意当奴仆,两个强盗抓住我,我侥幸把他们都杀死了。希望让官府知道。"

　　管理集市的官吏报告州衙门，州衙门报告桂管观察使的衙门。桂管观察使衙门召见区寄，见他是个憨厚老实的小孩子。刺史颜证认为他才能出众，想留下他当小吏，区寄不肯。颜证给他衣裳，让官吏保护他回到家乡。家乡那些专门干抢劫绑架人口的人斜着眼睛看，不敢路过区寄的家门，都说："这个小孩比秦武阳小二岁，就能用计谋杀了两个强盗，难道可以靠近吗？"

帮你读

　　唐朝中期，南方边疆地区有抢掠儿童、贩卖人口的恶习；可地方官吏为了从中得到好处，对暴徒的所作所为不管不问。《童区寄传》就真实地揭露了这一事实，并且着力刻画了十一岁的少年区寄机智勇敢、不怕强暴的性格，从中反映了作者愤世嫉俗的思想感情。

　　《童区寄传》是一篇传记散文，柳宗元的作品当中有不少这样的文章。他的这些作品跟一般歌功颂德的应酬传记不同。能够从阿谀王侯将相和高士名流的传统中摆脱出来。所以，柳宗元传记文章的取材，多是社会的下层人物。这些人物大都是柳宗元在下层社会的体验中，在和人民群众的接触中所选取，再加以艺术构思而创造出来的。

　　《童区寄传》的艺术特色是语言精练朴实，情节曲折多变；善于通过关键行动和典型语言，来刻画人物的心理活动和描写其性格特征，使形象栩栩如生，呼之欲出。

书褒城驿壁

孙 樵

褒城驿号天下第一①。及得寓目，视其沼，则浅混而茅②；视其舟，则离败而胶③；庭除甚芜，堂庑甚残，乌睹其所谓宏丽者④？讯于驿吏，则曰："忠穆公尝牧梁州，以褒城控二节度治所⑤，龙节虎旗，驰驿奔诏⑥，以去以来，毂交蹄劘⑦，由是崇侈其驿，以示雄大⑧，盖当时视他驿为壮⑨，且一岁宾至者，不下数百辈⑩，苟夕得其庇，饥得其饱，皆暮至朝去，宁有顾惜心邪⑪！至如棹舟，则必折篙破舷碎鹢而后止⑫；渔钓，则必枯泉汩泥尽鱼而后止⑬；至有饲马于轩，宿隼于堂⑭：凡所以污败室庐，靡毁器用。官小者，其下虽气猛可制；官大者，其下益暴横难禁⑮。由是日益破碎，不与曩类⑯。某曹八九辈，虽以供馈之隙，一二力治之，其能补数十百人残暴乎⑰！"

语未既，有老甿笑于旁⑱，且曰："举今州县，皆驿也⑲。吾闻开元中，天下富蕃，号为理平⑳，踵千里者不裹粮，长子孙者不知兵㉑。今者天下无金革之声㉒，而户口日益破；疆场无侵削之虞㉓，而垦田日益寡，生民日益困，财力日益竭，其故何哉㉔？凡与天子共治天下者，刺史、县令而已㉕。以其耳目接于民，而政令速于行也㉖。今朝廷命官，既已轻任刺史、县令㉗，而又促数于更易㉘；且刺史、县令,远者三岁一更,近者一二岁再更⑨。故州县之政,苟有不利于民,可以出意革去其甚者⑩,在刺史,曰:'我明日即去,何用如此?'在县令亦曰:'明日我即去,何用如此?'当愁醉酣,当饥饱鲜⑪,囊帛椟金,笑与秩终⑫。"

呜呼!州县真驿耶!刺更代之隙,黠吏因缘⑬恣为奸欺,以卖州县者乎⑭!如此而欲望生民不困,财力不竭,户口不破,垦田不寡,难哉!予既揖退老甿⑮,条其言,书于褒城驿屋壁⑯。

讲一讲

孙樵(生卒年不详),字可之,关东(函谷关以东)人。他生活在晚唐时期,著作有《孙可之集》。

① 褒(bāo)城:地名,在今陕西省褒城县西南。驿。驿站,供应过往官吏住宿和交通工具的接待站。号:号称。

② 及:等到。得:获得。寓目:亲眼看到。沼:池。混:浑浊。污:不干净。

③ 离败而胶:船板破裂,停滞在泥里。

④ 庭:庭院。除:台阶。芜:荒芜。堂庑(wǔ):堂屋和堂屋周围的房屋。残:破损。乌:哪里。睹:看见。

⑤ 讯:问讯。于:过,去到。驿吏:管理驿站的官吏。忠穆公:指的是严震。唐朝时期唐德宗手下的一个官员。尝:曾经。牧梁州:牧,就是刺史这种官。牧梁州是做梁州刺史的意思。控:控制。二节度:两节度使,指山西道节度使和凤翔节度使。治所:节度使官署所在。

⑥ 龙节:古时候,使臣拿的节符,雕龙的节仗。虎旗:画着熊

虎的军旗。驿:这里指驿站的马。驰驿:奔跑的驿马。奔轺(yáo):飞奔的轻便小车。

⑦ 毂(gǔ)交蹄劘(mó):形容车马往来不断。毂:车轮中心的圆木。交:交错。劘:摩擦。

⑧ 由是:由于这样。崇:高。侈:大。崇侈其驿:扩大驿站的建筑。

⑨ 盖:句子开头的语气词。视:比。壮:壮观。

⑩ 且:况且。一岁:一年。宾:宾客。数百辈:几百人。

⑪ 苟:如果。夕:晚上。庇(bì):遮蔽,这里指住处。去:离开。宁:难道,岂能。顾惜:爱惜。邪:同"耶",呢的意思。

⑫ 至:到。如:像。棹(zhào)舟:划船。舷:船舷,船边。鹢(yì):鸟首形船头的华贵船只。碎鹢:撞破船。止:停止。

⑬ 鱼钓:就是"钓鱼"。枯泉汩(gǔ)泥:把水弄干,把泥搅混。尽鱼:把鱼捉完。

⑭ 饲:饲养。轩:长廊。宿:栖宿。隼(sǔn):鹰一类的猛禽。

⑮ 凡:凡是。污败:弄脏弄坏。庐:房子。靡毁:弄烂弄破。器用:器具用品。其下:他的下属。气猛:凶恶。制:制止。益:更加。暴横:凶暴蛮横。难禁:难于禁止。

⑯ 日益:一天天更加。曩(nǎng):从前。类:相像。不与曩类:不像从前的样子。

⑰ 曹:同辈。某曹:驿吏谦称自己这些人。供馈:供应伙食。隙:空闲。治:修理。

⑱ 既:完毕。甿(méng):农民。傍:旁边。

⑲ 且:而且。举:全部。

⑳ 闻:听说。开元:唐玄宗年号,714年至741年。富蕃:财

物丰裕，人口众多。理平：政治太平。

㉑ 踵(zhǒng)：行走。裹粮：携带粮食。长(zhǎng)：养育。兵：战争。

㉒ 金革：金鼓，军队里用来指挥前进后退的锣鼓。这里指战争。

㉓ 户口：住户人口。破：破败。疆场(chǎng)：边界。侵：侵占。削：削减。虞：忧。

㉔ 垦田：开垦的田地。寡：少。困：困难。竭：干涸。其故何哉：它的原因是什么呢？

㉕ 天子：皇帝。县令：县官。

㉖ 以其耳目接于民：因为他们的耳朵和眼睛接触老百姓。速于行：推行起来迅速。

㉗ 命官：任命官吏。轻任：轻易随便任命。

㉘ 促数(suò)：又急促又频繁。更(gēng)易：调动更换。

㉙ 三岁一更：三年一更换。再更：两次更换。

㉚ 故：本来。出意：出主意。革：革除。其甚者：其中最严重的人。

㉛ 在刺史：对于刺史来说。酽(nóng)：浓烈的酒。饱鲜：饱吃鲜美的食物。

㉜ 囊：袋子。帛(bó)：丝织品的总称。椟(dú)：柜子。秩：任期。终：完结。这句是说，往袋子里装布帛，往柜子里装金钱，高兴地到任期完结。

㉝ 矧(shěn)：况且。更代之隙：新旧州县官办理交代的期间。黠(xiá)吏：狡猾的官吏。因缘：凭借机会，利用时机。

㉞ 恣：任意。奸：舞弊。欺：欺骗。卖：出卖。这里是蒙蔽的

意思。以卖州县:指对州刺史和县令进行蒙蔽。

㉟ 予:我。既:就。揖:拱手。揖退:拱手送别。

㊱ 条:整理。书:书写。屋壁:房屋的墙壁上。

褒城的驿站号称天下第一。可等到亲眼一看,它的池子,又浅又浑而且污浊;它的船,船板破裂而且陷在泥里;庭院的台阶很荒芜,乱草丛生,堂屋和周围的房屋非常破损,哪里看得见人们所说的宏伟壮丽的样子?去问驿站的官吏,官吏说:"忠穆公严震曾经当过梁州刺史,因为褒城控制山西南道和凤翔两个节度的官署所在,持龙节的使臣和挥虎旗的武官,飞驰的驿马和奔跑的传车,来来往往。因此,就把这驿站修筑得高大奢侈,以显示雄伟阔大。在当时它比其他驿站都壮观。况且一年之内到这里的宾客,不下数百人。如果晚上能得到住处,饿了能吃得上饱饭;他们一般都是晚上来到,早晨离开,哪会有爱惜之心呢?至于像划船,那就一定折断竹篙撞破船边打碎船头以后,才算完结;如果钓鱼,他们一定要把水弄干,把泥搅浑,把鱼捉完以后,才算完了;以至于有的人把马饲养在走廊里,把猛禽栖宿在堂屋里。凡是这类弄脏败坏房间屋子,浪费毁损器具用品的事情,小官的仆人虽然气势凶猛还可以制止;大官的下属却更加凶暴蛮横,就很难禁止。由于这样,驿站一天比一天破损,和从前大不一样了。我们这八九个人,虽然利用供应宾客伙食的空闲,抽出一二人修理它,可是怎能弥补这么多人的残暴行为呢?"

话没说完,有一个老农民在旁边笑了,而且说:现在全部的州县，都像驿站。我听说开元年间，天下财物丰裕，人口众多，号称治理太平，行走千里的不用携带粮食，养育子孙的人不知道武器是什么东西。现在，天下没有战事，可是户口一天比一天减少；边界上没有被侵占削弱的忧虑，而开垦的田地却一天比一天减少，老百姓的生活一天比一天贫困，财力一天比一天枯竭。这究竟是什么原因呢？凡是和皇帝一起治理天下的人，就是刺史、县令罢了。因为他们的耳目接触到老百姓，因而政令推行起来就迅速。如今朝廷，不仅是轻易任命刺史、县令，而且又短暂频繁地调动他们，刺史、县令，任期长的，三年一换，短的一两年就换两次。所以州县的治理中如果有不利于老百姓的地方，本来可以出主意除掉其中最严重的，但当刺史的会说：'我明天就离开，何必这样呢？'当县令的也会说：'明天，我就离开，何必这样呢？'于是他们借酒消愁，饿时，就饱餐鲜美的食物，最后往袋子里装布帛，往柜子里装金钱，高高兴兴地离任。

啊！州县真是驿站吗？况且狡猾的官吏利用新旧州县官办理交代的空隙，任意舞弊欺骗，蒙蔽州刺史和县令。这种做法想使老百姓的生活不贫困，财力不涸竭，户口不破落，开垦的田地不减少，难呀！我拱手送别了老农民，整理了他的话，书写在了褒城驿房屋的墙壁上。

帮你读

这是一篇讽刺性杂文。

全文可以分成三部分。第一部分，从开头到"其能补数十百人残暴乎"，写的是作者借褒城驿官吏之口，说明驿站残破的原因，由于来往宾客晚上来，早晨去，没有一点爱惜之心。第二部分，从"语未既，有老叟笑于傍"到"囊帛椟金，笑与秩终"，进一步借老农民之口，借驿站残破的原因，说明州县政治腐败。指出当时天下的刺史和县令调动频繁，大肆掠夺人民的财富，将州县当做驿站。第三部分，从"呜呼！州县真驿邪"到结尾，写的是作者整理总结老农民的话，把它书写在了褒城驿的墙壁之上。表达了作者痛心于唐朝末期的官吏和官制的不善，表达了作者对国力衰弱的关心。

　　这篇文章的写法，以褒城驿站残破的原因为主，以州县政治腐败的原因为辅，由小及大，前后呼应，意图在于借题发挥，移辅为主，达到强烈的艺术效果，给人留下深刻的印象。

阿房宫赋^①

杜 牧

六王毕，四海一^②；蜀山兀，阿房出^③。覆压三百余里，隔离天日^④。骊山北构而西折，直走咸阳^⑤；二川溶溶^⑥，流入宫墙。五步一楼，十步一阁；廊腰缦回，檐牙高啄^⑦；各抱地势，钩心斗角^⑧。盘盘焉，囷囷焉，蜂房水涡，矗不知乎几千万落^⑨。长桥卧波，未云何龙^⑩？复道行空，不霁何虹^⑪？高低冥迷，不知西东^⑫。歌台暖响，春光融融^⑬；舞殿冷袖，风雨凄凄^⑭。一日之内，一宫之间，而气候不齐^⑮。

妃嫔媵嫱，王子皇孙，辞楼下殿，辇来于秦^⑯。朝歌夜弦，为秦宫人^⑰。明星荧荧，开妆镜也^⑱；绿云扰扰，梳晓鬟也^⑲；渭流涨腻，弃脂水也^⑳；烟斜雾横，焚椒兰也^㉑。雷霆乍惊，宫车过也^㉒；辘辘远听，杳不知其所之也^㉓。一肌一容，尽态极妍，缦立远视，而望幸焉^㉔。有不得见者，三十六年^㉕。

燕赵之收藏，韩魏之经营，齐楚之精英㊸，几世几年，剽掠其人，倚叠如山㊹。一旦不能有，输来其间㊺。鼎铛玉石，金块珠砾，弃掷逦迤㊻，秦人视之，亦不甚惜㊼。

嗟乎！一人之心，千万人之心也㊽。秦爱纷奢，人亦念其家㊾。奈何取之尽锱铢，用之如泥沙㊿？使负栋之柱，多于南亩之农夫；架梁之椽，多于机上之工女；钉头磷磷，多于在庾之粟粒；瓦缝参差，多于周身之帛缕；直栏横槛，多于九土之城郭；管弦呕哑，多于市人之言语。使天下之人，不敢言而敢怒。独夫之心，日益骄固。戍卒叫，函谷举；楚人一炬，可怜焦土。

呜呼！灭六国者，六国也，非秦也。族秦者，秦也，非天下也。嗟乎！使六国各爱其人，则足以拒秦。使秦复爱六国之人，则递三世可至万世而为君，谁得而族灭也！秦人不暇自哀，而使后人哀之；后人哀之而不鉴之，亦使后人而复哀后人也。

 讲一讲

杜牧（803～853），字牧之，京兆万年（今陕西省西安市）人，是唐朝晚期一位杰出的诗人，著名的作家。后人称杜甫为“老杜”，称他为“小杜”。著作有《樊川文集》。

① 阿房宫：秦代宫殿，遗址在陕西省长安县西北，建筑于秦始皇三十五年（公元前 212 年），经秦始皇和秦二世两代，还没修成，秦朝就灭亡了。

② 六王：指战国时期齐、楚、燕、赵、韩、魏六国的国君，即指六国。毕：完结、灭亡。四海：指全中国。一：统一。

③ 蜀：指四川省。兀（wù）：光秃秃的样子，这里形容山上的

树木被砍光。

④ 覆压：遮盖。隔离天日：把三百多里土地与天空太阳隔开，形容建筑广大。

⑤ 骊山：山名，在今陕西省临潼县东南。北构而西折：指从骊山北坡构筑宫殿，往西转折一直修到咸阳。咸阳：秦朝都城，在今陕西省咸阳市东北。

⑥ 二川：指渭水和樊水。溶溶：水流充沛的样子。

⑦ 廊腰：走廊绕着楼阁像腰围。缦（màn）回：像缦带一样环绕。檐牙高啄：突起的屋檐，像鸟嘴向上。

⑧ 各抱地势：每一座楼阁，都根据地势来建造。钩心斗角：指建筑物都向中心聚集，相互勾连，而且建筑物的屋角并出相接，重叠交错。

⑨ 盘盘：一圈圈盘旋。囷囷（jūn）：古代一种圆形的谷仓。二字重叠极言其多。蜂房水涡：像蜂房那样齐密，像漩涡那样盘旋。矗：矗立。落：院落。

⑩ 长桥卧波，未云何龙：长桥横卧在水上，远望像龙一样，可是还没有云，哪里来的龙呢？

⑪ 复道：架在楼阁之间的空中通道，意思是说，楼阁之间上下都有通道。霁（jì）：雨后天晴。

⑫ 冥迷：迷蒙、模糊。

⑬ 融融：和乐的样子。

⑭ 凄凄：寒冷的样子。

⑮ 不齐：不一样。

⑯ 妃嫔媵（yìng）嫱（qiáng）：指六国诸侯的妃子和宫女。辇（niǎn）：用人拉挽的车子，秦朝汉朝以后，专供皇帝及贵族乘坐。

⑰ 弦：当动词用，奏乐。宫人：宫女。

⑱ 荧荧（yíng）：形容星光闪烁。

⑲ 绿云：比喻头发又黑又密。扰扰：乱哄哄。梳晓鬟：早晨起来梳理发髻。

⑳ 渭流涨腻：渭水河上漂浮起一层油腻。弃：丢掉。脂水：洗胭脂的水。

㉑ 斜、横：纵横弥漫。焚：烧。椒（jiāo）兰：两种芳香的植物。

㉒ 乍（zhà）：突然。宫车：帝王乘坐的车子。

㉓ 辘辘（lù）：车轮滚动的声音。杳（yǎo）：遥远。不知其所之：不知道它到哪里去了。

㉔ 一肌：每个宫女的肌肤。一容：每个宫女的容貌。尽态：尽量使体态美好。极妍：极力使容颜美丽。缦（màn）立：耐心地站立着。幸：被皇帝宠爱。

㉕ 三十六年：秦始皇立国，到秦王子婴投降亡国，共三十六年。这里指的有的宫女在阿房宫中一生都见不到秦始皇。

㉖ 收藏、经营、精英：指的都是珍宝。

㉗ 剽（piāo）掠：抢劫，掠夺。其人：各国的人民。倚叠：堆积。

㉘ 一旦不能有：一旦没有力量保有，这里指六国灭亡，那些财物都被运到秦国来。其间：指阿房宫。

㉙ 铛（chēng）：铁锅。块：土块。砾（lì）：碎石。意思是说，把宝鼎当成铁锅，把美玉当成石头，把黄金当成土块，把珍珠当成碎石。弃掷：抛弃。逦迤（lǐ yǐ）：接连不断的样子。

㉚ 惜：珍惜。

㉛ 嗟乎：感叹词，相当于"唉"。

㉜ 秦：指秦始皇。纷奢（shē）：豪华、奢侈（chǐ）。念：顾念，含有"爱"的意思。

㉝ 奈何：如何，怎么办。锱铢（zī zū）：古时候的重量名称。这里比喻很少的数量。

㉞ 栋：房屋的正梁。负栋之柱：支撑栋梁的柱子。南亩：指田地。

㉟ 椽（chuán）：放在梁上支架屋和瓦片的木条。机：织布机。工女：就是"女工"。

㊱ 磷磷（lín）：本来形容水中石子的样子，这里形容钉子多。还有一种解释，本来形容玉石的色泽，这里形容宫门上铜钉的光彩。庾（yǔ）：粮仓。粟：谷子。

㊲ 参差（cēn cī）：长短不齐。这里形容瓦缝横直密布、一层一层的样子。周身：全身。帛（bó）：丝织品的总称。这里指衣服。缕（lǚ）：麻线，指线。

㊳ 栏：栏杆。槛（jiàn）：栅栏。直栏横槛：指栏杆、栅栏纵横。九土：指九州。

㊴ 管弦：管乐器和弦乐器，这里指音乐。呕哑：形容乐声。市：集市。

㊵ 独夫：指称残暴无道，众叛亲离的君主，这里指秦始皇。骄固：骄傲、顽固。

㊶ 戍卒：防守边疆的士兵，这里指陈胜、吴广等人。戍卒叫：指陈胜揭竿起义，一声呼喊，很多人立刻响应。函谷：函谷关，在今河南省的崤（xiáo）山。举：攻占。

㊷ 楚人：指项羽。一炬：一把火。指项羽一把火烧毁了阿房宫。

㊸ 族：整个家族诛灭。

㊹ 拒：抗拒。

㊺ 复：再、又。递：递传。族灭：就是灭族。

㊻ 不暇：来不及。哀：悲哀。

㊼ 鉴：借鉴。

译过来

　　六国灭亡，天下统一，蜀山变得光秃秃的，阿房宫建成了。它遮盖着三百多里的土地，把这片土地跟天空太阳隔离开来。从骊山北坡建造宫殿，往西转折一直修到咸阳。渭水和樊川水流充沛，流进宫墙里边。五步一座高楼，十步一处殿阁。走廊腰围着楼阁，像缦带缠绕；檐口的瓦当像一排排牙齿，鸟嘴似高高撅着。每一座楼阁都抱着各自的地位形势，紧钩自己的中心，檐角互相在斗争。一圈圈盘旋在这里，一座座排列在这里，像蜂房那样齐密，像漩涡那样旋起，高高矗立，不知道有几千万座。长桥横卧在水上，可是没有云，哪里来的龙？楼阁间通道在空中通行，可是没有雨过天晴，哪里来的彩虹？高高低低，迷蒙模糊，不知道东西方向。楼台上响着温暖歌声，像春光一样令人快乐；宫殿里长袖清冷地起舞，像风雨那样使人悲凄。在同一天里，在同一个宫殿中，而气候是这般不一样。

　　六国的嫔妃姬妾，王子皇孙，离开了各自的楼阁，走下了各自的殿堂，辇车拉到秦国，早晨唱歌，晚上奏乐，成了秦皇的宫人。好像明亮的晚光闪闪，那是美人打开了梳妆镜；好像绿色的云朵骚动，那是美人在早晨梳理发髻；渭水上涨起一层油腻，那是美人扔掉的胭脂水；烟雾弥漫，那是宫里点燃了芳香的椒兰；

好像雷霆突然惊人，那是皇帝乘坐的车子走过；听见车轮滚动的声音远了，遥远地不知道它到哪里去了。每个宫人都尽量使其体态美好，使其容颜美丽，她们耐心地站立，远远地看着，盼望着皇帝的宠幸。有人整整一生都没能见到皇帝。

燕赵的收藏珍品，韩魏的经营财物，齐楚的精英宝贝堆积得像山一样，这是多少世代多少年，抢劫掠夺他们的人民而来，一旦不能占有，全都运到了阿房宫。宝鼎当成了铁锅，美玉当成了石头，黄金当成了土块，珍珠当成了碎石，到处抛弃，接连不断。秦国人看到这些，也不很珍惜。

唉！一个人的心就是千万个人的心。秦王喜爱豪华奢侈，人们也顾念自己的家。怎么他就该把人民的财物搜刮得一点也不剩留，使用人民的财物就好像泥沙一样？他使支撑栋梁的柱子，比田里的农夫还多；使架梁的椽条比织布机上的女工还多；使宫门上的铜钉比粮仓中的谷子还多；使瓦缝横直密布，一层又一层，比全身衣服的丝缕还多；栏杆、栅栏纵横交错，比全国的城郭还多；管弦乐器奏出的乐声，比集市人们的话语还多。使得天下的人民，不敢说话而敢发怒。残暴无道，众叛亲离的君主，一天比一天骄傲顽固。边疆服役的士兵一声呼叫，函谷关就被攻破。楚人项羽一把大火，阿房宫变成了一片可怜的焦土。

啊！灭亡六国的人，是六国自己，并不是秦国。灭亡秦国的人，是秦国自己，并不是天下的人民。唉！如果六国各自爱护他们的人民，就完全可以抗拒秦国。如果秦国再能够爱护六国的人民，就完全可以递传三世还可以到万世为天下的君王，谁能使它灭亡？秦王来不及悲伤自己，而让后人替他悲伤；后人悲伤他而不借鉴他，也就会使后人再替后人悲伤呀！

《阿房宫赋》以华丽的词藻、丰富的想像、大胆的夸张和生动的比喻,通过对秦朝阿房宫的描写,揭露了秦始皇穷奢极欲的生活,畅论了秦始皇暴取民财,激起人民的反抗,从而自取灭亡的历史教训。作者在《上知己文章启》中说:"宝历(唐敬宗李湛的年号)间大起宫室,广声色,故作《阿房宫赋》。"可以看出来,他借古讽今,正是针对唐朝统治者而发的。同时还抒发了作者"节用爱民"的政治主张。

《阿房宫赋》全文分为四个部分。

第一部分从开头到"一宫之内,而气候不齐"。写的是阿房宫建筑的宏大。开头四句"六王毕,四海一;蜀山兀,阿房出",不仅交代了建造阿房宫的时代背景,而且把秦始皇消灭六国、统一天下之后的那种骄横恣纵也表现出来了。接着,作者运用丰富的想像,采用多角度和多层次的描写手法,形象地再现了阿房宫的雄伟壮阔。"长桥卧波,未云何龙?复道行空,不霁何虹?"用设问句来表现旁观者的惊讶。"一日之内,一宫之间,而气候不齐",再次夸张阿房宫占的面积广大。

第二部分从"妃嫔媵嫱"到"亦不甚惜"。写的是阿房宫中的豪华奢侈。"明星荧荧,开妆镜也"等六个排比句,表现了宫娥之多、娇饰之艳和门庭之闹。"燕赵之收藏,韩魏之经营,齐楚之精英……"数句,说明财宝丰盛,挥金如土。这些描写,深刻地揭露了统治者不管人民死活,残酷地剥削人民,他们穷奢极欲的生活必将激起人民的强烈反抗。

第三部分，从"嗟乎！一人之心"到"可怜焦土"。作者笔锋一转，从叙述转入议论，说明秦朝统治者的穷奢极欲，必将引起人民的愤怒和反抗，致使阿房宫化为焦土。这里作者只用了"戍卒叫，函谷举；楚人一炬，可怜焦土"十四个字，就刻画出了秦朝迅猛的崩溃之势，也显示了历史发展的严峻和无情。

第四部分，从"呜呼！灭六国者，六国也"到结尾，指出秦朝和六国灭亡的原因和教训。在这里作者意识到人民的力量是不可抗拒的。封建统治者的残酷剥削，终将遭到人民的反抗而自取灭亡。"灭六国者，六国也，非秦也。族秦者，秦也，非天下也。"这明确深刻的判断独具卓识，使人耳目一新，耐人寻味。接着，作者雄辩地论证了上述判断，使人折服。"秦人不暇自哀，而使后人哀之；后人哀之而不鉴之，亦使后人而复哀后人也。"在这里，作者用"后人"反复出来回环，发人深省。

《阿房宫赋》充分体现了"体物写志"的特点，就是用描述物来表达志，叙事、描写和抒情、议论紧密交融。在艺术构思上也很新奇，前面铺张扬厉地描写，配合着后面回环往复的议论。

为了加强文章的表现力，作者还运用赋的传统手法，铺陈排比，大胆夸张、叠用比喻，而且在语言上也能别开生面，如"长桥卧波，未云何龙？复道行空，不霁何虹？"使人读了觉得非常形象生动，比喻新颖。所以说，《阿房宫赋》是一篇情文并茂，思想性和艺术性结合得很好的作品。

野 庙 碑

陆龟蒙

碑者,悲也①。古者悬而窆,用木;后人书之,以表其功德②,因留之不忍去,碑之名由是而得③。自秦、汉以降,生而有功德政事者,亦碑之④;而又易之以石,失其称矣⑤。余之碑野庙也,非有政事功德可纪,直悲夫甿竭其力,以奉无名之土木而已矣⑥!

瓯、越间好事鬼,山椒水滨多淫祀⑦。其庙貌有雄而毅、黝而硕者⑧,则曰将军;有温而愿、晰而少者⑨,则曰某郎;有媪而尊严者,则曰姥⑩;有妇而容艳者,则曰姑⑪。其居处敞则之以庭堂,峻之以陛级⑫,左右老木,攒植森拱⑬;萝茑翳于上,鸱鸮室其间⑭。车马徒隶,丛杂怪状⑮。甿作之,甿怖之,走畏恐后⑯。大者椎牛,次者击豕,小不下犬鸡⑰。鱼菽之荐,牲酒之奠,缺于家可也,缺于神不可也⑱。一日懈怠,祸亦随作⑲,蠢孺畜牧栗栗然⑳。疾病死丧,甿不曰适丁其时耶!而自惑其生,悉归之于神㉑。

虽然,若以古言之,则戾㉒;以今言之,则庶乎神之不足过也㉓。何者?岂不以生能御大灾、捍大患!其死也,则血食于生人㉔。无名之土木,不当与御灾捍患者为比,是戾于古也明矣㉕!今之雄毅而硕者有之,温愿而少者有之:升阶级、坐堂筵、耳弦匏、口粱肉、载车马、拥徒隶者,皆是也㉖。解民之悬,清民之暍,未尝贮于胸中㉗。民之当奉者，一日懈怠，则发悍吏㉘，肆淫刑，驱之以就事㉙。较神之祸福，孰为轻重哉㉚？平居无事，指为贤良；一旦有大夫之忧㉛，当报国之日，则恛挠脆怯㉜，颠踬窜踣，乞为囚虏之不暇。此乃缨弁言语之土木㉝，又何责其真土木耶㉞？故曰：以今言之，则庶乎神之不足过也㉟。

讲一讲

陆龟蒙（？～881），字鲁望，吴郡（今江苏省苏州市）人。他的诗文，与皮日休齐名，并称皮陆。著作有《笠泽丛书》和《甫里集》。

① 碑者，悲也：意思是说，"碑"的意思是悲哀。

② 古者：古时候。悬：悬吊。窆（biǎn）：把棺材放进墓穴。书：书写。表：表彰。

③ 因：因此。之：指写了字的木板。去：丢掉。

④ 生：活着的时候。以降（jiàng）：以下，以来。碑之：为他立碑。碑，在这里当动词用。

⑤ 易之以石：用石碑代替木板。失其称矣：失去原来用碑表示悲哀的用意了。

⑥ 余：我。碑：当动词用，立碑。纪：记载。直：就是"只"。夫：语气助词。甿（méng）：农民。竭：尽，全部。

⑦ 瓯（ōu）、越：指浙江省、福建省一带。好（hào）事鬼：喜好侍奉鬼神。山椒（jiāo）：山顶。水滨：水边。淫祀（sì）：不正常的祭祀。

⑧ 庙貌：神像。黝（yǒu）而硕（shuò）：又黑又大。

⑨ 温而愿：温和而又善良。皙（xī）而少：又白又年轻。

⑩ 媪（ǎo）而尊严：年纪老的妇女很尊严。姥（mǔ）：老母。

⑪ 容艳：模样很娇艳。

⑫ 居处：居住的地方。敞、峻：在这里当动词用，意思是说，使它宽敞、高峻。庭堂：庭院殿堂。陛：宫殿的台阶。级：台阶的层次。

⑬ 攒（cuán）植森拱：树木密集、高大，枝条高耸，像在作拱。

⑭ 萝茑（niǎo）：两种蔓生植物，萝，又叫女萝。翳（yì）：遮蔽。鸱鸮（chī xiāo）：猫头鹰。室：当动词用，筑窝的意思。

⑮ 徒隶：差役。车马徒隶：指木雕泥塑的车马和差役。丛杂怪状：聚集混杂奇形怪状。

⑯ 作：制作，塑造。怖：害怕。走畏恐后：奔走祭祀，惟恐落后。

⑰ 大者、次者、小：指祭祀规模的大小。椎（zhuī）：杀。击豕（shǐ）：杀猪。

⑱ 鱼菽（shū）之荐：鱼和豆子这类祭品。牲酒之奠：牲畜和酒之类祭品。缺：缺少，免去。家：家祭，祭祀自家。

⑲ 懈怠：松懈怠慢。作：起。

⑳ 耋（dié）孺：老人和小孩。古时候，人们称七十或八十岁的老人为"耋"。畜牧：牲畜。栗栗（lì）然：害怕发抖。

㉑ 适：恰巧。丁：正当。其时：那个时候。惑：迷惑，不明白。生：活着。悉：全都。

㉒ 若：如果。戾（lì）：违反，不合事理。

㉓ 庶乎：几乎，差不多。

㉔ 岂：难道。生：活着。御：防御。捍：抵抗。血食于生人：

老百姓才享受杀牲的祭祀吗？生人：活着的人。

㉕ 是戾于古也明矣：这表明，按古代标准衡量，那些木偶泥像是不合要求的，这个道理十分明显。

㉖ 升阶级：上高台阶。坐堂筵：坐在厅堂的筵席上。耳弦匏(páo)：耳听音乐。口粱肉：嘴里吃着精美的小米和肉。载车马：乘车骑马。拥徒隶：簇拥着仆役。

㉗ 解民之悬：解除老百姓的倒悬之苦。暍(yē)：中暑，受暴热。清民之暍：清除老百姓的暴热之苦。贮：存。

㉘ 民之当奉者：老百姓应该供奉的东西。发悍吏：派出凶悍的官吏。

㉙ 肆淫刑：大肆用残酷的刑罚。驱之以就事：驱赶强制他们完成应当供奉的事项。

㉚ 较：比较。孰：谁。

㉛ 大夫之忧：大夫的忧虑，指国家发生灾祸。

㉜ 恛(huí)：昏乱。挠(náo)：纷扰混乱。怯：担忧，胆小。

㉝ 颠：跌倒。踬(zhì)：被绊倒。窜：逃窜。踣(bó)：跌倒。意思是说，受惊跌倒，狼狈逃窜。乞：乞求。囚虏：俘虏。缨：帽带。弁(biàn)：礼帽。

㉞ 责：责怪。

㉟ 则：那么。这句是说，那么，泥像木偶或许不值得怪罪了。

译过来

"碑"这个词的意思，就是"悲"。古时候用绳子悬吊棺材下葬时用的木板，子孙后代在它上面写上文字，来表彰墓主的功德，因此就把写了文字的木板保留下来，不忍丢弃。"碑"的名称由此而得。自从秦朝、汉朝以来，活着的时候有功德政绩的人，也为他立碑。后来又用石碑代替了木板，失去"碑"这个名称的原来意义了。我给乡野神庙立碑，不是因为有政绩功德可以记载，而是因为悲哀那些农民费尽他们全部的力量，来供奉那些没有姓名的木偶泥像而已！

浙江、福建一带地方喜好侍奉鬼神，在山顶水边有很多不正当的祭祀。那些神像，有雄壮而刚毅、又黑又大的，就叫将军；有温和善良、又白皙又年轻的，就叫某郎；有年纪老的妇女很尊严的，就叫老母；有妇女模样很娇艳的，就叫姑。他们居住的地方，庭院殿堂建筑得十分宽敞，台阶砌得很高；左右两旁的老树，密集高大，树枝高耸，像在打拱，女萝和莴等蔓生植物攀援在这些树木上，猫头鹰在里边筑窝。木雕泥塑的车马差役，聚集混杂奇形怪状。农民塑造它，农民害怕它，奔走祭祀，惟恐落后。大的祭祀杀牛，次一点的杀猪，小的也不下于狗、鸡。鱼和豆子之类祭品，牲畜和酒之类供品，在家祭时可以缺少，但祭祀神却是不可缺少的。如果有一天松懈怠慢，灾祸也随着降临，老人孩子喂养放牧都很提心吊胆，如果发生了生病死亡的事情，农民不说恰巧赶上那个时候，而是对自己能活着感到疑惑，并将此归结到神的存在。

尽管，如果以古代情况来说，这是不合事理的；但以现在的情况来说，这类神几乎是不值得怪罪的。为什么呢？人们祭祀神灵，难道不是因为他们活着的时候能为老百姓防御大灾祸，抵抗大灾难，死了才享受人们杀牲畜的祭祀吗？没有姓名的泥像木偶，不应该和防御灾祸、抵抗灾难的人相比，这个道理是很明白了。当今，雄壮刚毅而健壮的人是有的，温和善良而年轻的人也是有的。那些上高台阶，坐在厅堂筵席之上，耳听着音乐，嘴里吃着精美食物，乘车骑马，簇拥着仆从的人，都是这类人。但解除老百姓的倒悬之苦，清除老百姓的暴热之苦，他们从来不曾放在胸中。老百姓应该供奉的东西，如果有一天松懈怠慢，他们就派出凶悍的官吏，大肆运用残酷的刑罚，驱使百姓来侍奉他们。比起神灵的灾祸幸福，谁是轻、谁是重呢？平常没有事情，说他们是贤良，一旦发生大夫理当担心的忧虑，应该报效国家的时候，他们就昏迷混乱，脆弱胆怯，受惊跌倒，狼狈逃窜，乞求当俘虏还怕来不及，这不过是戴着拴带子的礼帽的会说话的木偶泥像而已，又怎么能责怪那些真正土木制作的偶像呢？所以说：以现在的情况来说，差不多这类神是不值得怪罪的。

陆龟蒙的这篇《神庙碑》，跟皮日休的《原谤》一样，都是以锋芒锐利的笔触和激愤的言辞，反映了唐朝末期尖锐的社会矛盾，表达了百姓的愤怒情绪。

野庙，都市之外偏僻地方不是官府建立的庙，所供神灵差不多都是来自无稽的传说。野庙碑，指的是为野庙写的碑文，实际上是为野庙有所感触而发的议论。作者表面上是在贬斥野庙，嘲笑乡间百姓，实际上是指桑骂槐，借题发挥，痛斥那些欺压百姓的官吏。

《野庙碑》，首先描绘了信仰各种神灵的乡间百姓所塑造的神像和野庙的图景，指责痛斥了土木之神愚弄百姓，徒享祭祀的罪恶。然后以饱含愤怒和讽刺的笔锋直刺封建统治阶级,尖锐地指出:当今的那些官吏,个个作威作福,欺压百姓,身居高位而不务正事,而且没有一点功劳却白白拿取丰厚的待遇,实在比那些泥像木偶更无能、更贪婪、更凶狠,完全是一幅虚伪腐朽的面目。

《野庙碑》这篇作品,用神灵比喻人,以古比今,运用了层层映衬类推的手法,所以形象非常鲜明,寓意也非常深刻。全文文笔辛辣,耐人寻味。

原谤①

皮日休

唐宋散文

　　天之利下民，其仁至矣②！未有美于味而民不知者，便于民而民不由者③，厚于生而民不求者④。然而，暑雨亦怨之，祁寒亦怨之⑤；己不善而祸及亦怨之，己不俭而贫及亦怨之⑥。是民事天，其不仁至矣⑦。天尚如此，况于君乎⑧？况于鬼神乎？是其怨訾恨讟，萐倍于天矣⑨。有帝天下、君一国者，可不慎欤⑩？故尧有不慈之毁，舜有不孝之谤⑪。殊不知尧慈被天下，而不在于子，舜孝及万世乃不在乎父⑫。呜呼！尧、舜大圣也，民且谤之⑬；后之王天下有不为尧、舜之行者，则民扼其吭⑭，捽其首，辱而逐之⑮，折而族之，不为甚矣⑯！

讲一讲

　　皮日休（834～883），字逸少，后改字袭美，襄阳（今湖北省襄阳县）人。他是唐朝后期著名的诗文作家，著作有《皮子文薮》。

　　① 原：论，推论。原谤：论毁谤。

　　② 天：上天。之：在这里当动词用，是"为"、"给"的意思。利：利益，好处。下：下界，指人间。其：这样的。仁：仁爱。

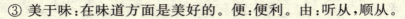

③ 美于味：在味道方面是美好的。便：便利。由：听从，顺从。

④ 厚于生：对老百姓的生活有好处。求：要求，需求。

⑤ 暑雨亦怨之：夏天雨水多了，老百姓也要埋怨上天。祁（qí）寒：大寒。

⑥ 祸及：灾祸来到。俭：勤俭。贫：贫苦。

⑦ 是：这。这句是说，这样看来，老百姓对待上天，真是不宽厚到了极点。

⑧ 尚：尚且。况：何况。君：君主。

⑨ 訾（zǐ）：诋毁。讟（dú）：怨言。蓰（xǐ）：五倍。

⑩ 帝天下：做天下的帝王。君一国：做一国的君主。慎：谨慎，警惕。欤（yú）：疑问语气词。

⑪ 这句是说，尧没有把君位传给儿子，有人讥讽他对儿子不慈爱。舜因为得不到父亲的欢心，有人毁谤他对父亲不孝顺。

⑫ 殊不知：很不懂事。被天下：普遍给予天下的老百姓。

⑬ 大圣：伟大的圣人。

⑭ 王（wàng）：称帝为王，统治。扼（è）：用力掐住。吭（háng）：喉咙。

⑮ 捽（zuó）其首：揪他的脑袋。辱而逐之：使他受到污辱，并且驱逐他。

⑯ 折：折开，打倒。族：灭族。甚：过分。

译过来

上天给予下界百姓的好处，这样的仁爱是到极点了。还没有过这样的事情，对于味道的美好而人民不知道，对于人民的便

利而人民不听从，对于生活的优厚而人民不追求。即便这样，夏天雨水多了，老百姓要埋怨上天，冬天寒冷了，老百姓也要埋怨上天；自己不好而灾祸来了，也要埋怨上天，自己不勤俭造成贫穷也要埋怨上天。老百姓这样对上天，这样的不仁爱是到极点了。对上天尚且这样，何况对君主呢？何况对鬼神呢？只是他们的怨恨诽谤，比起对上天的，要超过五倍了。有做天下帝王、做一国君主的人，可以不谨慎吗？所以，唐尧有过被认为不慈爱的诋毁，虞舜有过被认为不孝顺的诽谤。殊不知唐尧的慈爱普遍给了天下人民，而不在于儿子；虞舜的孝顺达到千秋万代，就不在于父亲。唉！唐尧、虞舜是伟大的圣人，老百姓还诽谤他们；后来做统治天下的帝王，如果达不到唐尧、虞舜的行为，那么老百姓就会掐住他的喉咙，揪住他的脑袋，侮辱而驱逐他；打倒而且灭他的全族，就不算过分了。

唐朝末年，由于封建统治者对百姓的残酷剥削和压迫，社会的阶级矛盾极端尖锐，百姓的反抗情绪也日益增长。《原谤》这篇感情激愤、言辞恳切、闪耀着战斗光辉的散文，以百姓怨恨上天和责怪尧舜作为陪衬，直言不讳地引出了它的中心思想，公开宣布：百姓推翻暴政，逐杀暴君，是天经地义，合情合理的。这种强烈的叛逆思想和反抗情绪，正是这个时期阶级斗争激化的反映，也是对君权神授的传统观念发出的勇敢挑战。就在包括《原谤》在内的《皮子文薮》编定后不到十年，终于爆发了黄巢农民大起义。皮日休大约在878年左右参加了农民起义军。黄巢进入长安称帝，他就做了翰林学士。883年，黄巢兵败退出长安，皮日休可能就死在这一年。

《原谤》这篇散文可分成三层。第一层从开头到"有帝天下、君一国者，可不慎欤"，说的是天。第二层"故尧有不慈之毁"到"舜孝及万世不在乎父"，说的是尧舜。第三层从"呜呼"到结尾，说的是后世的帝王。这三层，层层递进，环环相扣，逐渐引出全文的中心思想"后之王天下有不为尧、舜之行者，则民扼其吭，捽其首，辱而逐之，折而族之，不为甚矣"。尤其是最后一句"不为甚也"，简洁明快，词严义正，发人深省，难怪鲁迅先生在《小品文的危机》一文当中称赞皮日休："并没有忘记天下，正是一塌糊涂的泥塘里的光彩和锋芒。"

辨　害

罗　隐

唐宋散文

虎豹之为害也，则焚山，不顾野人之菽粟①。蛟蜃之为害也，则绝流，不顾渔人之钩网②：其所全者大，所去者小也③。顺大道而行者，救天下者也④；尽规矩而进者，全礼义者也⑤。权济天下，而君臣立，上下正，然后礼义在焉⑥。力不能济于用，而君臣上下之不正，虽抱空器，奚所设施⑦。是以佐孟津之师，焚山绝流者也⑧，扣马而谏，计菽粟而顾钩网者也⑨。於戏⑩！

讲一讲

罗隐（833～909），字昭谏，钱塘（今浙江省杭州市）人，唐朝末期的一位文学家。他的诗歌很有名，小品文集《谗书》更是别树一帜。

① 害：祸害。焚（fén）：烧。野人：乡野农民。菽（shū）：泛指豆子。粟：谷子。

② 蛟、蜃（shèn）：古代传说，蛟和蜃是龙的同类，都能发动洪水。绝：断绝。钩网：捕鱼的工具，指捕鱼。

③ 全：保全。大：利害大。去：损失。小：利害小。

④ 顺：顺从。

⑤ 尽：全都。进：前进。

⑥ 权：权力。济：救济。立：树立。

⑦ 空器：空的才气。奚：何，什么。设施：作为。

⑧ 佐孟津之师：辅助孟津的部队。武王伐纣时，会合诸侯于孟津（今河南省孟县南），吕尚辅佐他。

⑨ 扣马而谏：指伯夷和叔齐。武王伐纣时伯夷和叔齐拉着武王的马不让走，劝说武王不应该攻打纣王。

⑩ 於戏：就是呜呼，感叹词。

虎豹成为祸害，就放火烧山，不顾农民的豆子和谷子。蛟蜃成为祸害，就截断水流，不顾渔夫的捕鱼：这样做是保全了大的方面，而损失的则小。顺着大道行走的人，是挽救天下的人；完全循规蹈矩前进的人，是保全礼义的人。用权力救济天下，因而使国君臣下关系确立，上下端正，礼义存在了。力量不能够用来救济天下，因而君臣上下不端正，虽然怀抱着才气，放在哪里发挥作用呢？因此，在孟津辅佐周武王的那位吕尚，是烧山断水的人。拉着周武王的马进谏的伯夷和叔齐，是计较豆子和谷子、捕鱼的人。唉！

《辨害》是收集在罗隐小品文集《谗书》当中的一篇文章，它比较具有进步思想。

作者从全局上衡量是非得失，肯定了吕尚那样能够顾全大局的人，批评了伯夷和叔齐那样拘泥小节、不顾大局的人。从而表达了作者对于抱着空名而没有实际效果的传统思想的厌恶。对于历史上歌颂过的伯夷和叔齐进行了大胆的否定，等于翻了历史的旧案。在封建社会作者这样做，简直是一种叛逆。正因为这样，才更加显示出了作者思想的进步。难怪鲁迅先生评价罗隐和他的《谗书》时说："唐末诗风衰落，而小品文放了光辉。但罗隐的《谗书》几乎全部是抗争和愤激之谈。"

《辨害》在艺术上的最大特色就是用生动的比喻来说明抽象的道理，以除虎豹蛟蜃之害和历史人物作比喻，深入浅出，有很强的说服力。

黄州新建小竹楼记

王禹偁

　　黄冈之地多竹，大者如椽①。竹工破之，刳去其节，用代陶瓦。比屋皆然，以其价廉而工省也②。

　　予城西北隅，雉堞圮毁，蓁莽荒秽，因作小楼二间，与月波楼通③。远吞山光，平挹江濑，幽阒辽夐，不可具状④。夏宜急雨，有瀑布声；冬宜密雪，有碎玉声；宜鼓琴，琴调和畅；宜咏诗，诗韵清绝⑤；宜围棋，子声丁丁然；宜投壶，矢声铮铮然——皆竹楼之所助也⑥。

　　公退之暇，披鹤氅衣，戴华阳巾；手执《周易》一卷，焚香默坐,消遣世虑,江山之外,第见风帆沙鸟、烟云竹树而已⑦。待其酒力醒,茶烟歇,送夕阳,迎素月,亦谪居之胜概也⑧。彼齐云、落星,高则高矣,井幹、丽谯,华则华矣⑨,止于贮妓女,藏歌舞,非骚人之事,吾所不取⑩!

吾闻竹工云:"竹之为瓦,仅十稔,若重覆之,得二十稔⑪。"噫!吾以至道乙未岁,自翰林出滁上⑫;丙申移广陵⑬;丁酉又入西掖⑭;戊戌岁除日,有齐安之命;己亥闰三月,到郡⑮。四年之间,奔走不暇,未知明年又在何处;岂惧竹楼之易朽乎⑯?幸后之人与我同志,嗣而葺之,庶斯楼之不朽也⑰!

咸平二年八月十五日记。

讲一讲

王禹偁(chēng)(954~1001),字元之,济州钜野(今山东省巨野县)人。他是北宋著名文学家,诗文革新运动的先驱人物之一,著作有《小畜集》、《小畜外集》。

① 黄冈:地名,就是今天湖北省的黄冈县。椽(chuán):椽子,房屋上承受屋瓦的木条。

② 刳(kū):刮掉,挖掉。比屋:挨家挨户。以:因为。工省:节省做工。

③ 子城:也叫瓮城或者月城,城门前的套城。隅:角落。雉堞(dié):城上的矮墙。圮(pǐ):倒塌毁坏。榛(zhēn)莽荒秽:草木丛生,荒芜肮脏。月波楼:在黄冈县城上边。

④ 远吞山光:意思是说,远望时山上风光尽收眼底。平挹(yì)江瀬(lài):意思是说,平视好像舀得着江边沙上的流水。

唐宋散文

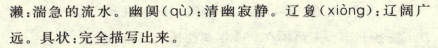

濑:湍急的流水。幽阒（qù）:清幽寂静。辽夐（xiòng）:辽阔广
远。具状:完全描写出来。

⑤宜:适宜。琴调和畅:琴声格外幽雅流畅。诗韵清绝:诗
歌的声韵更加清新。

⑥投壶:古时候人们在宴席上饮酒时的一种游戏。谁能把
箭扔到壶中的次数越多,谁就能取胜,扔中次数少的人被罚喝
酒。矢:箭。皆竹楼之所助:都是竹楼帮助得来的。

⑦公退:办公回来。暇:空闲。鹤氅（chǎng）:用鸟儿羽毛
编织成的衣服。华阳巾:道士的帽子。《周易》:也叫《易经》,儒
家、道家都奉为经典的一部古代哲学著作。这里用来表示信奉
道教的一种标志。消遣世虑:排除忘掉世上的思虑。第见:只
见。

⑧待:等到。茶烟歇:茶的热气消散。素月:洁白的月亮。
谪居:居住在被降职调往的地方。胜概:美景。

⑨彼:那。齐云、落星、井幹（gàn）、丽谯（qiáo）:都是古时
候有名的高楼。齐云在吴县（今江苏省苏州市）,是唐朝曹恭王
所建。落星在建业（今江苏省南京市）,东吴时孙权所建。井幹
在长安,汉武帝所建。丽谯是曹操所建。华则华矣:华丽是够华
丽的了。

⑩止于:只是用来。骚人:诗人。吾所不取:我是不想这样
做的。

⑪为瓦:当做瓦用。十稔（rěn）:十年。若:如果。重覆:铺
上两层。得:能够,可以。

⑫至道乙未岁:宋太宗至道元年,就是 995 年。出滁上:王
禹偁由翰林学士降职贬为滁州（今安徽省滁县）刺史。

⑬ 丙申:至道二年,就是 996 年。移:调往。广陵:地名,今江苏省扬州市。王禹偁在 996 年调往扬州担任刺史。

⑭ 丁酉:至道三年,就是 997 年。又入:又回到京城。西掖:就是中书省这种官,是朝廷当中最高的行政机关。997 年,王禹偁又被调回京城担任刑部郎中这种官,后来又担任起草国家诏令的官职。

⑮ 戊戌岁除日:998 年的大年夜。齐安:地名,就是黄州。998 年除夕,王禹偁又被降职贬到黄州当刺史。己亥闰三月到郡:999 年闰三月到达郡城。

⑯ 岂惧竹楼之易朽乎:难道还担心竹楼朽坏吗。

⑰ 幸:望。同志:共同的志趣。嗣而葺(qì)之:继续修缮竹楼。葺:修缮。

译过来

黄冈的土地盛产竹子,大的像椽子那么粗。竹工劈开它,刮掉竹节,用来代替泥土烧成的瓦。一家家的房屋都是这样,因为它价钱便宜而且费工也少。

瓮城的西北角,城上的矮墙倒塌毁坏,草木丛生,荒芜肮脏。借这块地方修了两间小楼,和月波楼相通。远望山上的风光尽收眼底,平视江流仿佛可以一览江水,清幽寂静,辽阔广远,不可以完全描写出来。夏天最适宜急骤的暴雨,竹楼上好像有瀑布的响声;冬天最适宜浓密的大雪,竹楼上好像有碎玉落地的声音;适宜弹琴,琴音曲调空灵流畅;适宜咏诗,诗歌声韵清亮绝妙;适宜下棋,落子声丁丁作响;适宜投壶,箭落壶中的声音铮铮铿锵：这都是借助竹楼而得来的。

办公回来的空闲，身披鹤氅道服，头戴道士帽子，手里拿着一卷《周易》，点上香静静地坐着，排除掉世上的思虑，仿佛置身江山之外。只见到风中白帆，沙滩水鸟，轻雾淡云和翠竹绿树而已。等到酒劲过去睁眼醒来，煮茶的热气消散，送走夕阳，迎来洁白的明月，这也是遭贬官员住处的优美风光。那齐云楼和落星楼，高是够高的；那井幹楼和丽谯楼，华丽是够华丽的；只是用来贮存艺妓，藏住歌舞，这不是诗人的事情，我是不做这样的事的。

我听竹工说："竹子当做瓦用，只能用上十年；如果铺上两层，可以用二十年。"啊！我在至道乙未年由翰林学士被贬为滁州刺史。丙申年调到广陵，丁酉年又被召回宫中西侧中书省。戊戌年的大年夜，下了贬到黄州的任命。己亥年闰三月到达郡城。四年之内，到处奔走不得空暇，还不知道明年又会到什么地方。难道还担心竹楼朽坏吗？希望后来的和我有共同志趣的人，继续修缮竹楼，那么这竹楼就不会朽坏呀。

咸平二年八月十五日记。

帮你读

这是一篇著名的抒情散文，是作者在贬官黄州时写作的。宋朝对所谓"有罪"的官吏，往往以谪官的办法来表示惩罚。作者在文章当中强调了谪居的乐趣，把省工价廉的竹楼加以美化，认为它高于封建帝王豪华的楼台宫馆，多少是对于自己屡遭打击的一种反抗。当然，这种反抗带有很浓的消极情调，但是从他

"四年之间,奔走不暇"的感慨当中,也能使人体会到一种愤懑不平的心情。

作者一开始大略写了黄州多竹和用竹子修造房屋的好处,然后就描写了谪居竹楼的乐趣;登楼远望,能"远吞山光,平挹江濑,幽阒辽夐,不可具状"。他坐卧竹楼之中,"夏宜急雨,有瀑布声;冬宜密雪,有碎玉声;宜鼓琴,琴调和畅;宜咏诗,诗韵清绝;宜围棋,子声丁丁然;宜投壶,矢声铮铮然"。

接着,作者记叙了谪居的生活和心情,以此来说明他甘居竹楼,不羡慕高华之所;宁愿过清苦的生活,鄙视声色的高尚情怀。

最后,作者叙述了他连年奔走的坎坷遭遇,表达了他眷恋竹楼的思想感情,用"四年之间奔走不暇"发出了"未知明年又在何处"的感叹。正因为这样,作者"岂惧竹楼之易朽乎"。可是他又希望"后之人与我同志,嗣而葺之,庶斯楼之不朽也"。

这篇散文在写法上很有特色。

第一,构思巧妙:作者一开始写竹,然后以竹连楼,通篇紧扣竹楼,没有闲暇之笔。

第二,结构严谨,层次分明:这在分析四个段落时已经说明,不再多说。

第三,寄情于景,情从景出:作者用排比和渲染的手法,勾画出了幽清的境界,夏天可以听到雨点敲打竹楼的声音像瀑布作响;冬天可以听见雪落竹楼的声音像碎玉一样;弹琴,琴声格外悠扬;咏诗,韵味清新;下棋,棋子相击发出的清脆响声;投壶,箭射壶中铮铮悦耳。用的都是声音描写,来渲染谪居竹楼的乐趣,令人玩味。

岳阳楼记①

范仲淹

　　庆历四年春,滕子京谪守巴陵郡②。越明年,政通人和,百废俱兴③。乃重修岳阳楼,增其旧制,刻唐贤今人诗赋于其上④。属予作文以记之⑤。

予观夫巴陵胜状，在洞庭一湖⑥：衔远山，吞长江，浩浩汤汤，横无际涯⑦；朝晖夕阴，气象万千⑧。此则岳阳楼之大观也。前人之述备矣⑨。然则，北通巫峡，南极潇湘⑩，迁客骚人，多会于此⑪。览物之情，得无异乎⑫？

若夫霪雨霏霏，连月不开⑬；阴风怒号，浊浪排空⑭；日星隐耀，山岳潜形⑮；商旅不行，樯倾楫摧⑯；薄暮冥冥，虎啸猿啼⑰。登斯楼也，则有去国怀乡，忧谗畏讥，满目萧然，感极而悲者矣⑱。

至若春和景明，波澜不惊⑲，上下天光，一碧万顷⑳；沙鸥翔集，锦鳞游泳㉑，岸芷汀兰，郁郁青青㉒。而或长烟一空，皓月千里㉓，浮光跃金，静影沉璧㉔；渔歌互答，此乐何极㉕！登斯楼也，则有心旷神怡，宠辱皆忘㉖，把酒临风，其喜洋洋者矣㉗。

嗟夫！予尝求古仁人之心，或异二者之为㉘。何哉？不以物喜，不以己悲㉙。居庙堂之高，则忧其民；处江湖之远，则忧其君㉚：是进亦忧，退亦忧㉛。然则何时而乐耶？其必曰：先天下之忧而忧，后天下之乐而乐欤㉜？噫！微斯人，吾谁与归㉝！

时六年九月十五日㉞。

 讲一讲

范仲淹（989～1052），字希文，苏州吴县（今江苏省吴县）人，是北宋初期著名的政治家。他的著作有《范文正公集》。

① 岳阳楼：在湖南省岳阳市，是著名的古迹，与黄鹤楼、滕王阁一起号称"江南三大古楼"。这是滕子京重修岳阳楼时，请范仲淹写的一篇记。

② 庆历四年：就是1044年。滕子京：人名，是范仲淹的朋

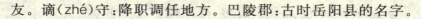

友。谪(zhé)守：降职调任地方。巴陵郡：古时岳阳县的名字。

③ 越：越过。越明年：就是到第二年的意思。政通人和：政令通行，百姓和乐。百废俱兴：一切已经荒废了的事情都兴办起来。具：就是"俱"，都的意思。

④ 乃：就。增其旧制：增加扩大它过去的规模。唐贤：唐朝有名望的人。

⑤ 属：就是"嘱"，嘱托的意思。予：我。

⑥ 夫：语气助词。胜状：美丽的景物。洞庭湖：是我国内地第二大湖，正对着岳阳楼。

⑦ 衔：张口衔住。吞：形容江水流注进湖里。浩浩汤汤(shāng)：形容水势盛大。横无际涯：广阔得没有边际。

⑧ 晖：阳光。阴：阴气，昏暗。朝晖夕阴：早晨阳光照耀，傍晚阴气凝结。

⑨ 大观：壮观，雄伟的景色。述：描写。备：详尽。

⑩ 然则：这样……那么。巫峡：长江三峡之一。长江三峡是：瞿塘峡、巫峡、西陵峡。极：到达。潇湘：指湖南省的潇水和湘水。

⑪ 迁客：被降职外调，流放边远的官吏。骚人：诗人。多：常常，经常。会：聚会。

⑫ 览物之情：看了自然景物产生的情绪。得无异乎：能够没有不同吗？

⑬ 若夫：虚词，用在一段的开头引出下文的发语词。霪(yín)雨：连绵不断的雨。霏霏(fēi)：形容雨下得很紧。不开：不放晴。

⑭ 阴风：悲惨阴沉的风。浊浪排空：浑浊的大浪冲向天空。

⑮ 隐耀:隐去了光亮。潜形:隐没望不见了形状。

⑯ 商旅:商人和旅行的人。樯(qiáng):桅杆。倾:歪斜。楫(jí):桨。摧:折断。

⑰ 薄:将近。薄暮:傍晚。冥冥:昏暗。啸(xiào):长声吼叫。

⑱ 斯:这个。去国:离开国都。忧谗畏讥:担心别人的诽谤打击。萧然:萧条冷落的样子。感极:感慨到了极点。

⑲ 至若:至于。春和景明:春风和煦,景物鲜明。不惊:什么也不受惊。

⑳ 上下天光:天地上下一片光辉明朗。一碧万顷:形容湖水一色碧绿,极为广阔。

㉑ 沙鸥:一种水鸟。翔:飞。集:群鸟停息在树上。锦鳞:形容鳞片闪光的鱼儿。

㉒ 岸芷(zhǐ):岸边的香草。汀兰:水里沙洲上的兰草。郁郁:香气浓烈。青青:茂盛的样子。

㉓ 而或:有时。长烟一空:天空中的大片云雾全部消失了。皓(hào)月千里:洁白的月光普照千里。

㉔ 浮光:照耀在水波上的月光。跃金:像黄金在跳动。静影:映照在水中的平静的月影。沉璧:像沉下的一块玉璧。

㉕ 互答:互相接应答对。何极:无穷,哪有尽头。

㉖ 怡:愉快。心旷神怡:心情舒畅,精神愉快。皆:一齐,全部。宠辱皆忘:荣耀和屈辱全部忘掉。

㉗ 把酒:端着酒杯。临风:对着清风。洋洋:高兴的样子。

㉘ 尝求:曾经探讨。仁人:有最高道德修养的人。心:这里是思想感情的意思。或异二者之为:也许和上边说的两种思想

感情表现不同。

㉙ 以：因为。这句是说，不因为美景而感情冲动，不因为自己的遭遇不幸而对景生悲。

㉚ 居：居住，处在。庙堂：指朝廷。忧：担忧。君：君主，指国家。

㉛ 是：这。进：指在朝廷做官。退：指被贬官退居江湖。

㉜ 其必曰：大概一定说。欤（yú）：句末语气词，表示疑问或感叹。这句是说，忧在天下人之先，乐在天下人之后。

㉝ 噫（yī）：感叹词，相当于"唉"。微：不是。斯：这样。吾谁与归：我能和谁同道呢？

㉞ 时六年：指庆历六年，就是 1046 年。

译过来

　　庆历四年的春天，滕子京被降职调任巴陵郡太守。到了第二年，政令通行，人民和乐，一切已经荒废的事情都兴办了起来。于是就重新修建岳阳楼，增加扩大了它过去的规模，把唐朝人和当今人的诗赋刻在楼上。我受嘱托写篇文章来记述这件事情。

　　我看到巴陵郡优美的景象，集中在洞庭湖上，它口衔远山，吞吐长江，浩浩荡荡，广阔无边。早晨阳光照耀，傍晚阴气凝结，气象万千。这就是岳阳楼雄伟壮丽的景色，前人已经描述得很详尽。然而，它北面可以通到巫峡，南面可以达到潇水和湘水。流放的人和诗人常常在这里相会，观看自然景物产生的感情，能够没有区别吗？

　　如果连绵不断的雨水纷纷落下，一连几个月都不放晴，阴沉的大风呼呼号叫，浑浊的波涛冲向天空，太阳和星星隐去了光

唐宋散文

亮,高高的大山隐没地看不见了形状,商人旅客不能行走,船上的桅杆歪斜,船桨被折断,傍晚天色昏暗,老虎长声吼叫,猿猴在哀伤啼叫。这时候登上岳阳楼,就会想到离开国都,怀念家乡,担心诽谤中伤,害怕讽刺讥笑,满眼萧条冷落,感到极端的悲伤了!

至于春风和煦,景物鲜明,没有波澜,无所惊动,天地上下,光辉明朗,一色碧绿,万顷湖水,沙鸥飞聚在一起,闪光的鱼儿在水中游泳,岸边的香草和水中沙洲上的兰草,长得非常茂盛而香气浓烈。有时大片云雾全都消失,洁白的月光普照千里,月光照耀在水波上像跳跃着的黄金,平静的月影好像沉在水里的一块玉璧。渔歌互相答对,这样的快乐哪有尽头!这时候登上岳阳楼,就会心情舒畅精神愉快,荣耀和屈辱全部忘掉,举一杯酒,对着清风,心中充满了喜悦和高兴了!

唉!我曾经探讨古代仁爱的人的心思,也许和上边说的这两种思想感情表现都不同,为什么呢?他们不因为客观事物而喜悦,不因为自己得失而悲伤。如果高高地坐在朝廷上当大官,那么他们就为老百姓操劳;如果在远离朝廷的江湖之上,那么他们就为国君担忧。因此,他们做官也操劳,不做官也担忧。那么,他们什么时候才快乐呢?他们一定会说:大概是在天下人忧愁之前,他们已经忧愁;在天下人快乐之后,他们才快乐吧?假如没有这样的人,我能和谁同道呢?

这时是庆历六年九月十五日。

帮你读

《岳阳楼记》是范仲淹在1046年写下的一篇不朽的名作,它抒发了作者"先天下之忧而忧，后天下之乐而乐"的伟大抱负和理想，也是作者高尚人格的真实写照。它气势磅礴，含意深刻，选词精警，可以说是作者艺术造诣的高峰。

《岳阳楼记》全文可以分成五段。

第一段，说明写这篇作品的原因。作者在写它的前一年，被贬到邓州（今河南省邓县）担任地方官。当时，作者的好友滕子京正贬官在岳州。滕子京重修了岳阳楼，请求作者为此写一篇文章"以记之"。

第二段，立刻转入登上岳阳楼往远处眺望的描写。作者首先概括地描写了洞庭湖的大致景象，然后用"前人之述备矣"一句轻轻收住。用"览物之情，得无异乎"巧妙地转到迁客骚人登楼观赏时会引起的不同感情。

第三段，写的就是迁客骚人在这种截然不同的景象面前产生的两种截然不同的感情。从这一段描写的景色来看，好像是一幅洞庭湖的风雨图，表现的是一个凄风苦雨的阴冷凶险的环境，可作者并没有停笔，又用"薄暮冥冥，虎啸猿啼"的声音来渲染景色，使这幅风雨图在阴沉凶恶之外，又增添了一种恐怖的色彩。接着作者写到"去国怀乡，忧谗畏讥，满目萧然，感极而悲者矣"，充满了悲伤。实际上也是作者从自己和滕子京的不幸遭遇出发，抒写了失意的愤懑。

第四段，给人们展现的是一幅洞庭湖的明朗图，不管是白天，还是夜晚，都使人能不仅在视觉上看到赏心悦目的景色，而且用嗅觉闻到沁人肺腑的清香。这时，作者还是没有停笔，用"渔歌互答"使静寂无声的图画又具有动人心弦的音响，从写法上也是和上一段"虎啸猿啼"的呼应对照。所以才使迁客骚人"心旷神怡，宠辱皆忘，把酒临风，其喜洋洋者矣"。

　　第五段，结合上两段的一悲一喜，表现了作者对"悲"和"喜"的见解，用一层又一层的叙事、写景和议论终于亮出了全篇的核心"先天下之忧而忧，后天下之乐而乐"，使得全篇文章好像蛟龙出水一样地飞腾起来。最后，作者笔锋一转，写道"微斯人，吾谁与归"，指出这是一篇勉励别人的作品，也是一篇用来自勉的明志之作。作者这种深沉的结尾，使人读完以后，就会从诗情画意和铿锵音韵的美的感受当中领悟出人生的真谛，提高精神境界。

醉翁亭记①

欧阳修

　　环滁皆山也②。其西南诸峰，林壑尤美③。望之蔚然而深秀者，琅琊也④。山行六七里，渐闻水声潺潺，而泻出于两峰之间者，酿泉也⑤。峰回路转，有亭翼然临于泉上者，醉翁亭也⑥。作亭者谁？山之僧智仙也⑦。名之者谁？太守自谓也⑧。太守与客来饮于此，饮少辄醉⑨，而年又最高，故自号曰醉翁也⑩。醉翁之意不在酒，在乎山水之间也。山水之乐，得之心而寓之酒也⑪。

　　若夫日出而林霏开⑫，云归而岩穴暝⑬，晦明变化者，山间之朝暮也⑭。野芳发而幽香，佳木秀而繁阴⑮，风霜高洁，水落而石出者，山间之四时也⑯。朝而往，暮而归，四时之景不同，而乐亦无穷也。

　　至于负者歌于途，行者休于树，前者呼，后者应，伛偻提携⑰，往来而不绝者，滁人游也。临溪而渔，溪深而鱼肥⑱；酿泉为酒，泉香而酒洌⑲；山肴野蔌，杂然而前陈者，太守宴也⑳。宴酣之乐，非丝非竹；射者中，弈者胜，觥筹交错，起坐而喧哗者，众宾欢也㉑。苍颜白发，颓然乎其间者，太守醉也㉒。

　　已而夕阳在山，人影散乱，太守归而宾客从也㉓。树林阴翳，鸣声上下㉔，游人去而禽鸟乐也。然而禽鸟知山林之乐，而不知

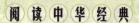
人之乐；人知从太守游而乐，而不知太守之乐其乐也㉖。醉能同其乐，醒能述以文者，太守也㉗。太守谓谁？庐陵欧阳修也㉘。

欧阳修（1007～1072），字永叔，晚年号称"六一居士"，吉州庐陵（今江西省吉安市）人。他是北宋著名的文学家、政治家，北宋诗文革新运动的领袖人物。著作有《新五代史》、《欧阳文忠公文集》等。

① 醉翁亭：在今安徽省滁县西南七里。1045 年，欧阳修被贬为滁州太守。这篇著名的游记就是他当滁州太守时写作的。

② 环：环绕。滁（chú）：滁州，今安徽省滁县。

③ 其：它的。诸：众，各。壑（hè）：山谷。尤：尤其，最为。

④ 蔚（wèi）然：草木茂盛的样子。深秀：幽深秀丽。琅琊（láng yá）：山名，在滁县西南十里的地方。者：语气助词。"者"和"也"照应连用的句式，是文言陈述句的一种典型结构，这篇文章使用得很多。

⑤ 潺潺（chán）：水流的声音。酿泉：泉名，它的水很清，可以酿酒，所以叫"酿泉"。

⑥ 峰回路转：山势曲折回环，山路也随着拐弯。翼然：形容亭角翘立，好像鸟儿张开翅膀要飞的样子。临：靠近。

⑦ 作：建造。者：……的人。智仙：琅琊山琅琊寺的和尚。

⑧ 名之者谁：给亭子起名为"醉翁"的是谁？太守自谓：太守用自己的号"醉翁"来命名的。名：做动词用，"命名"的意思。

⑨ 辄（zhé）：就。

⑩ 年：年纪。

⑪ 寓：寄托。

⑫ 若夫:至于。林霏(fēi):指林中雾气。

⑬ 暝(míng):昏暗。

⑭ 晦明:一会儿暗一会儿明。

⑮ 野芳:野花。秀:茂盛。繁阴:浓密的树阴。

⑯ 风霜高洁:就是"风高霜洁"。风高:指天空高旷。四时:四季。

⑰ 负者:背着东西的人。伛偻(yǔ lǚ):驼背,指弯腰曲背的老人。提携:被人领着走,这里指小孩。

⑱ 渔:做动词用,捕鱼。

⑲ 泉香:泉水味香。酒洌:形容酒美,酒味清醇。

⑳ 山肴(yáo)野蔌(sù):山里猎获的兽肉,野生的蔬菜。杂然:纷纷地。陈:陈列。

㉑ 酣(hān):酒喝得很畅快。丝、竹:指乐器。

㉒ 射:指古时一种叫"投壶"的游戏。弈(yì):下棋。觥(gōng):用犀牛角做的一种酒杯。筹:指行酒令的筹码。喧哗(xuān huá):意思是声音又大又杂乱。

㉓ 苍颜:脸色苍老。颓(tuí)然:喝酒以后昏沉欲倒的样子。乎:于。其间:在宾客们中间。

㉔ 已而:过后。

㉕ 阴翳(yì):树阴覆盖着。鸣声上下:指飞鸟有的在高处叫,有的在低处叫。

㉖ 乐其乐:第一个"乐"做动词用。这两句是说,人们只知道跟随太守游玩而感到快乐,却不知道太守的愉悦是因为大家都快乐。

㉗ 这几句说,醉了能够和大家一块快乐,清醒了能够用文字

来记述这件事的,是太守呀!

㉘ 谓:这里是"为"、"是"的意思。庐陵:地名,今江西省吉安市。

 **译过来**

环绕滁州都是山。它西南的各个山峰、树林和山谷尤其优美。远望着草木茂盛而又幽静秀丽的,是琅琊山。在山中行走六七里路,逐渐听到潺潺的流水声。从两座山峰中奔泻出来的,是酿泉。绕着山峰,山路拐弯处,有一座亭子,四檐好像鸟儿展翅一样地对着泉水上的,是醉翁亭。建造亭子的是谁?是山上的和尚叫智仙的。给这亭子起名的是谁?是太守自己。太守和宾客来这里喝酒,喝一点就醉了。而他的年纪又最大,所以才给自己起了个别号叫"醉翁"。醉翁的心意并不在于饮酒,而是在于山水之间。游山玩水的乐趣,领会在心里,而寄托在酒上。

当太阳出来,林中的雾气散开;云彩落山时,岩洞昏暗朦胧;这样一会儿暗一会儿明的变化,是山中的早晨和傍晚。野花开放,发着的清香;美好的树木挺秀,映成浓密的树阴;秋风霜露,高爽清洁,流水清澈,水落而岩石露出,这是山中的四季。早晨上山,傍晚回来,四季的景色各不相同,而乐趣也是无穷无尽的。

至于那些背着东西的人在路上唱歌,旅行的人在树下休息,前边的人呼叫着,后边的人应和着,还有驼背的老人和被挽领的小孩,来来往往接连不断,是滁州的游人。对着溪水捕鱼,溪水深,鱼儿肥美。用酿泉的水造成的酒,泉水清香,酒味清醇。山里的猎味,野生的蔬菜,纷纷地在眼前摆设着,是太守的宴席。宴席上酒喝足了的快乐,用琴弦不用箫管,投壶的人射中了,下棋的人得胜了,酒杯和行酒令的筹码相互交错,从座位上站起来闹闹嚷嚷的,是宾客们在尽情欢乐。脸色苍老,满头白发,昏昏沉沉在人们中间的人,是醉了的太守。

过后,夕阳落在山上,人们影子分散杂乱,这是太守回去,宾客们跟随着。树林开始阴暗起来,鸟鸣声充斥上下,这是游人离去,鸟儿们欢乐。可鸟儿只知道山林中的快乐,而不知道人们的快乐;人们知道跟随太守游玩的快乐,而不知道太守是因为他们快乐而快乐。醉中能和他们一起快乐,醒了能够写文章来记述快乐的,是太守。

太守是谁?庐陵欧阳修。

帮你读

1045 年,欧阳修被降职调到滁州做了太守。当时,滁州经历了五代时期的战乱以后,人民得到了暂时的安定生活,欧阳修去任太守期间,政事也比较清简。可是他内心那种被降职而产生的失意苦闷,抑郁悉怀的情感,不时地要流露出来。这样,欧阳修就写下了这篇著名的《醉翁亭记》。

《醉翁亭记》通篇着重写了滁州的"山水之乐"、"游人之乐"和"太守之乐"。作者写"游人之乐",为的是从侧面赞美自己在滁州的政绩,是他"太守之乐"的原因和内容,表现了他"与民同乐"的思想。作者写"山水之乐",又主要表现了他被降职以后寄情山水排遣愁怀的生活态度。所以"乐"是贯穿全篇的中心。而三种"乐"又密切相关。

《醉翁亭记》是篇山水游记,可抒情气氛非常浓厚,作者的欣慰和苦闷都含蓄地蕴藏在风景的描绘和气氛的渲染当中，所以它在写法上非常有特色。

第一，结构严谨，层次井然。作者一开头就交代了醉翁亭的位置，从"环滁皆山"到"西南诸峰"，再到"琅琊山"；然后又到"琅琊山"引出"酿泉"，接下去才写到靠近泉边的醉翁亭。作者写"乐"，先写出"山水之乐"，再写"游人之乐"，最后才写出"太守之乐"，分段逐层推进，最后表达主题。

第二，字斟句酌，言简意赅。据说，"环滁皆山也"这句话，南宋时有个人看到了《醉翁亭记》的原稿，欧阳修先用了几十个字来说明这层的意思，最后才改成了这五个字。

第三，大量使用排偶句而不显得呆板，以及音节的响亮和谐等，都显示了作者驾驭语言的高度技巧和特殊的风格。比如写早晚，用的是"日出而林霏开，云归而岩穴暝"，句式非常工整；写春夏秋冬用的是"野芳发而幽香，佳木秀而繁阴，风霜高洁，水落而石出"，句式参差不齐，形成了似散非散的风格。

第四，为了增强风情神韵，作者通篇采用说明句式（也叫陈述句），一共用二十一个"也"字，造成了一种从容婉转的咏叹句调，回环往复，一唱三叹，格调别致。

由于以上几个特点，自从《醉翁亭记》问世以后，就以见解独到和文体的创造性而开始著称，成为脍炙人口的古代散文名篇。

唐宋散文

六 国 论

苏 洵

　　六国破灭，非兵不利，战不善，弊在赂秦①。赂秦而力亏，破灭之道也②。或曰："六国互丧，率赂秦耶③？"曰："不赂者以赂者丧，盖失强援，不能独完④。故曰'弊在赂秦'也⑤。"

　　秦以攻取之外，小则获邑，大则得城⑥。较秦之所得，与战胜而得者，其实百倍；诸侯之所亡，与战败而亡者，其实亦百倍。则秦之所大欲，诸侯之所大患，固不在战矣⑦。

　　思厥先祖父，暴霜露，斩荆棘，以有尺寸之地⑧。子孙视之不甚惜，举以予人，如弃草芥⑨。今日割五城，明日割十城，然后得一夕安寝⑩。起视四境，而秦兵又至矣。然则诸侯之地有限，暴秦之欲无厌，奉之弥繁，侵之愈急⑪。故不战而强弱胜负已判矣⑫。至于颠覆，理固宜然⑬。古人云："以地事秦，犹抱薪救火，薪不尽，火不灭⑭。"此言得之⑮。

　　齐人未尝赂秦，终继五国迁灭⑯，何哉？与嬴而不助五国也⑰。五国既丧，齐亦不免矣。燕、赵之君始有远略，能守其土，义不赂秦⑱。是故燕虽小国而后亡，斯用兵之效也⑲。至丹以荆卿为计，始速祸焉⑳。赵尝五战于秦，二败而三胜㉑。后秦击赵者再，李牧连却之㉒。洎牧以谗诛，邯郸为郡，惜其用武而不终也㉓。

且燕、赵处秦革灭殆尽之际，可谓智力孤危，战败而亡，诚不得已㉑。向使三国各爱其地，齐人勿附于秦，刺客不行，良将犹在，则胜负之数㉒，存亡之理，当与秦相较，或未易量㉓。

呜呼！以赂秦之地封天下之谋臣，以事秦之心礼天下之奇才，并力西向，则吾恐秦人食之不得下咽也㉔。悲夫！有如此之势，而为秦人积威之所劫㉕，日削月割，以趋于亡㉖。为国者无使为积威之所劫哉㉗！

夫六国与秦皆诸侯，其势弱于秦，而犹有可以不赂而胜之之势㉘；苟以天下之大，下而从六国破亡之故事，是又在六国下矣㉙。

讲一讲

苏洵（1009～1066），字明允，眉州眉山（今四川省眉山县）人，和他的儿子苏轼、苏辙同是北宋著名文学家，在中国文学史上称为"三苏"，并同时列入唐宋八大家。苏洵的著作有《嘉祐集》。

① 六国破灭：秦始皇在公元前230～公元前221年先后消灭了韩、魏、楚、燕、赵、齐六个诸侯国。兵：武器。利：锐利。善：好。弊：弊害，这里有"错误"的意思。赂：贿赂。

② 亏：缺少，毁坏。道：道理。

③ 或：有人。互：互相，在这里是"大家"、"一齐"的意思。丧：灭亡。率：都是。

④ 不赂者以赂者丧，盖失强援，不能独完：意思是说，不贿赂秦国的国家也是由于别的国家采取贿赂而遭到灭亡的。因为这些国家丧失了去贿赂秦国的国家的强有力支援，所以就不能独

唐宋散文

自保全了。

⑤ 故:所以。

⑥ 攻取:指秦国用武力攻打夺取的领土。小、大:指从六国贿赂而来的领土。则:就。获:获得。邑:城镇。城:城市。

⑦ 则:那么。欲:欲望。患:灾祸。固:本来,指根本原因。

⑧ 思:想。厥(jué):其,他们的,指各国诸侯。先祖父:开国的祖先。暴霜露:冒着风霜雨露。斩荆棘:砍伐荒野上的丛生灌木,就是开辟土地的意思。尺寸:形容少。

⑨ 甚:很。惜:珍惜。举:整个,全部。以:把它。予:给予。弃:丢掉。芥:小草。草芥:比喻很不值钱的东西。

⑩ 割:割让。安寝:平安地睡觉。

⑪ 然则:可是。无厌:没有满足。奉之弥繁:送给秦国的土地越多。侵之愈急:秦国侵略它就越厉害。

⑫ 判:分明。

⑬ 颠覆:灭亡。理固宜然:道理本来应该这样。

⑭ 这句话是战国时期苏代对魏安釐王说的话,意思是说:用土地奉事秦国,就像抱着柴禾救火,柴禾没有完尽,火是不能扑灭的。

⑮ 此言得之:这话说对了。

⑯ 齐人:指齐王。未尝:不曾,从来没有。终:终于。继:相继。迁:流放。迁灭:公元前221年,秦国进攻齐国,齐王不战而降,被流放到今河南省辉县,所以说迁灭。何哉:为什么呢?

⑰ 与:结盟。嬴:秦国国王的姓,就是秦始皇。这里指秦国。这句是说,同秦国亲善而不帮助五国呀。

⑱ 始:开始。远略:深远的谋划。义:指坚持抗秦的原则。

⑲ 是故：因此。斯：这。

⑳ 丹：燕国太子丹。荆卿：就是荆轲。始：开始，这才。速：加快。祸：灾祸。公元前227年，燕国太子丹派刺客荆轲刺杀秦王，没有成功，荆轲被杀。秦王命令秦军攻打燕国，燕王退守辽东。后来，秦国消灭了燕国，燕王被俘虏。

㉑ 二败而三胜：两次被打败，三次取得胜利。

㉒ 再：两次。李牧：赵国的名将，先后在宜安（今河北省藁城西南）、番吾（今河北省平山县南）击退秦军的进攻。却：打退。

㉓ 洎（jì）：及，等到。以谗诛：因为别人说话而遭到杀害。邯郸（hán dān）：赵国的国都，故城在今河北邯郸西南。公元前228年，秦国攻破赵国，夺取了邯郸，设置了邯郸郡。惜：可惜。不终：不能到底。

㉔ 且：况且。革：革除，推翻。灭：消灭。殆：差不多。革灭殆尽：把其余各国消灭得差不多，都快完了。智力：智谋和力量。孤危：指燕国和赵国抗秦的势力孤单薄弱，处境十分危险。诚：确实，的确。

㉕ 向：从前，过去。使：假使。三国：指韩国、魏国和楚国。勿：不。附：归附。刺客不行：指燕国不派荆轲行刺。良将：指李牧。数：命运。

㉖ 或：也许。易量：容易预料。

㉗ 礼：礼遇。并力西向：同心协力对付西方的秦国。秦国在今陕西省一带，位处西方，所以说"西向"。食之不得下咽：意思是吞灭不了这些国家。

㉘ 而：却。为：被。积威：长期积累的威力。劫：劫持，吓住。

㉙ 以：在这里是连词，用法相当于"而"。趋：趋向，奔向。

㉚ 为国者：治理国家的人。

㉛ 势：势力。犹：还。胜之之势：战胜秦国的势力，第一个"之"字，是代词"它"，第二个"之"字当"的"讲。

㉜ 苟：如果。从：跟随。故事：过去的事情。是：这。

译过来

    六国被秦国打败消灭，不是武器不锐利，作战不好，弊病在于贿赂秦国。贿赂秦国而使自己的力量亏损，这是被打败消灭的道理。有人说：六国彼此都灭亡，难道都是由于贿赂秦国吗？我认为，不贿赂秦国的国家也是由于其他贿赂秦国的国家而灭亡的。因为不贿赂的国家失去了强有力的支援，也就是不能独自保全。所以说弊病在于贿赂秦国。

    秦国不用战争的方法而取得的土地，小的就获得了城镇，大的就得到了城市。比较秦国得到的全部土地，和它作战胜利得到的土地，其实多一百倍。诸侯失去的全部土地和它作战的失败丧失的土地，其实也多一百倍。那么秦国的最大欲望，诸侯的最大祸害，本来就不在于战争了。

    想到各国的开国祖先，冒着风霜雨露，披荆斩棘，因而有了这么点土地。子孙们看待它很不珍惜，整个儿就拿来给了别人，如同丢掉小草。今天割让五座城市，明天割让十座城市，然后得到一个晚上的安睡。醒来一看四周的边境，秦兵又到了。可是诸侯的土地有限，残暴的秦国的欲望从不满足，割让给秦国的土地越多，秦国侵略它就越厉害。所以不用打仗，强大、弱小、胜利、失败就已经分明了。至于国家灭亡，道理本来应该是这样的。古人说："用土地奉事秦国，好像抱着柴禾救火，柴禾没有烧尽，火也就不会熄灭。"这话说对了。

　　齐王不曾贿赂秦国，终于相继五国灭亡而被秦国流放，为什么呢？这是因为同秦国结盟而不帮助五国。五国既然灭亡，齐国也不能避免了。燕国和赵国的国王，开始有深远的谋略，能够守住他们的土地，坚持正义不贿赂秦国。因此，燕国虽然是小国，却最后灭亡，这就是用武力抵抗收到的效果。到了太子丹用荆轲刺杀秦王作为计策，这才加快了灾祸的到来。赵国曾经五次跟秦国打仗，两次被打败，三次取得胜利。后来秦国两次攻打赵国，李牧接连打退了它。等到李牧因为别人说坏话遭到杀害，邯郸就成了秦国的一个郡，可惜赵国用武力不能坚持到底。况且燕国和赵国处在秦国把其余各国消灭得差不多完了的时候，可以说是智谋和力量孤单薄弱。作战失败而灭亡，确实是不得已。假如从前韩国、魏国和楚国各自爱护他们的土地，齐王不归附秦国，刺客不去行刺，优秀的将军还在，那么胜利失败的命运，生存灭亡的道理，应当可以和秦国相较量，也许还不容易估量。

　　唉！如果用贿赂秦国的土地分封给天下的谋臣，用奉事秦国的心思来礼遇天下杰出的贤才，同心协力对付西方的秦国，那么我想，秦国人恐怕很难吞并六国。悲伤呀！有这样的势力，反而被秦国长期积累的威力吓住，天天削弱，月月割让，就此走向灭亡。治理国家的人不能使国家成为积累的威力的掠夺物啊！六国和秦国都是诸侯，它们的势力比秦国弱小，可还有可以不贿赂秦国而战胜它的势力。如果以天下这样大的势力，却使自己重蹈六国被打败灭亡的覆辙，这是连六国也不如了。

　　这是一篇政论性散文，作者采用"史论"的方法，讨论六国怎

样对付秦国侵略的策略的问题。当时秦国采取远交近攻、各个击破的策略，以达到它逐步消灭六国的目的。面对秦国的侵略，六国究竟应该采取什么样的对策？是联合抵抗，还是割地求和呢？或者为了和秦国谋求妥协而容忍它对别国的侵略呢？作者指出：秦国的侵略是不会变的，不消灭六国，它是绝对不会甘心的。割地求和，只能削弱本身的力量，自取灭亡；容忍它对别国的侵略，只能招致"失强援"而"不能独完"的恶果。因此只有不被秦国的"积威"所吓倒，大家联合起来共同对付，才是唯一正确的政策。作者的这种认识无疑是对的。

作者在写这篇《六国论》的时候，宋朝经常受到北方的契丹（就是辽国）和西夏的侵略，宋朝统治者面对这种形势，一直采取贿赂妥协的方针，不敢积极抵抗。作者感到贿赂妥协政策，只能增长敌人侵略的气焰，就写下这篇借古喻今的文章，希望宋朝统治者吸取历史教训，不要走六国灭亡的老路。

《六国论》全文可分四个段落。

第一个段落，作者提出六国灭亡的主要原因在于贿赂秦国这个中心论点。

第二个段落，作者举出秦国除了采用战争手段兼并土地，主要是从贿赂获得大量土地的事实，说明贿赂秦国是造成六国灭亡的原因。

第三个段落，作者举出燕、赵对秦国用兵收到实效的事实，说明齐、燕、赵灭亡的原因在于"不赂者以赂者丧"，这是"弊在赂秦"的论点的补充说明。

第四个段落，作者强调齐心协力抵抗秦国的重要性，总结出治理国家的人应当吸取这个历史教训。用这个观点警告宋朝统治者不要走六国的老路,结束全文,点明全文的中心思想和目的。

　　《六国论》的特点是结构严密,气魄雄放,论证有力。作者在分析六国对秦国的三种态度归纳出"赂秦"和"不赂秦"两种类型,很有说服力。同时,作者又使用了一些生动、形象的语言,比如写前辈创业的艰难是"暴霜露,斩刑棘,以有尺寸之地",写子孙们只顾眼前暂时安宁却达不到目的的情况是"今日割五城,明日割十城,然后得一夕安寝。起视四境,而秦兵又至矣"。感情淋漓,不仅使文章有强烈的说服力,又增加了文章的感染力,使政论文避免了枯燥呆板的毛病。

唐宋散文

爱 莲 说

周敦颐

水陆草木之花，可爱者甚蕃①。晋陶渊明独爱菊②；自李唐来，世人皆爱牡丹③；予独爱莲之出淤泥而不染，濯清涟而不妖④，中通外直，不蔓不枝⑤，香远益清，亭亭净植，可远观而不可亵玩焉⑥。

予谓菊，花之隐逸者也⑦；牡丹，花之富贵者也；莲，花之君子者也。噫！菊之爱，陶后鲜有闻⑧；莲之爱，同予者何人⑨？牡丹之爱，宜乎众矣⑩！

讲一讲

周敦颐（1017～1073），道州营道（今湖南省道县）人。他是宋朝有名的唯心主义哲学家，人们称他为"濂溪先生"，有《周子全书》流传下来。

① 甚:很。蕃(fán):繁荣。

② 独:唯独,只。

③ 李唐:唐朝的皇帝姓李,所以人们也称唐朝为"李唐"。

④ 予:我。濯(zhuó):洗。清涟:清澈的水波。妖:妖艳。

⑤ 不蔓不枝:不蔓延,不分枝。

⑥ 益:更加。清:清洁。亭亭:直立的样子。植:树立。亵(xiè)玩:贴近玩弄,态度轻侮。

⑦ 隐逸者:指隐居的人。

⑧ 噫(yī):感叹词。鲜:少。闻:听说,耳闻。

⑨ 同予者何人:和我相同的还有谁呢?

⑩ 宜:合适,适宜。乎:介词,相当"于"。

 译过来

　　水里陆地上草木的花,可以喜爱的都很多。东晋陶渊明单单喜爱菊花;自从李家唐朝来,世上的人们十分受牡丹;我单单喜爱莲花从污泥当中出来却不沾污泥,在清澈的水波中洗濯而不妖艳,心里贯通,外表笔直,不蔓延,也没有枝杈,香气传得越远越显得清洁,笔直洁净地树立,可以远远地观赏,却不能贴近玩弄的。

　　我说菊花,是花中的隐居之士;牡丹,是花中的富贵人;莲花,是花中的君子。唉!对于菊花的喜爱,陶渊明以后很少听到了;对于莲花的喜爱,跟我相同的有谁呢?对于牡丹的喜爱,当然有很多人!

帮你读

　　"托物言志",是我国古代散文的一种主要写作方法。所谓"托物言志",就是作家通过借助别的事物来表现自己的志趣。《爱莲说》就是这样一篇很有情致的散文。

　　在《爱莲说》当中,作者用非常精练的笔墨,通过对菊、莲、牡丹三种不同花卉的对比描写,象征性地写出了三种不同的品格。作者着重通过对莲花的刻画和赞赏,表现了自己的理想的坚贞不渝,洁身自爱的情操,流露出了与世俗异趣的封建士大夫的情调。

　　对于莲花的刻画,作者是从多方面来描绘的,首先是写莲花的不同流合污"出淤泥而不染",接着写莲花的洁净而不妖艳"濯清涟而不妖",然后写莲花的枝茎里面贯通,外面笔直,"中通外直""不蔓不枝";"香远益清,亭亭净植",则写的是莲花清幽的香气和挺立的姿态;"可远观而不可亵玩",则写的是莲花的庄重气质。作者表面上写的是莲花,实际上写的是他心目中的君子形象。爱莲就是爱君子。

　　这篇散文语言形象优美、精练,而且意境非常清新,非常有情趣,所以它一直流传到现在,被人们喜爱着。像"出淤泥而不染","濯清涟而不妖"经常被人们所运用。

平蔡之役(节选)①

司马光

李愬谋袭蔡州。……时大风雪,旌旗裂,人马冻死者相望②。天阴黑,自张柴村以东道路,皆官军所未尝行,人人自以为必死③。然畏愬,莫敢违④。夜半,雪愈甚,行七十里至州城。近城有鹅鸭池,愬令惊之以混军声⑤。自吴少诚拒命,官军不至蔡州城下三十余年,故蔡人不为备⑥。

壬申,四鼓,愬至城下,无一人知者⑦。李愬、李忠义镬其城。为坎以先登,壮士从之⑧。守门卒方熟寐,尽杀之,而留击柝者,使击柝如故⑨。遂开门纳众。及里城,亦然,城中皆不之觉⑩。鸡鸣雪止,愬入居元济外宅。或告元济曰:"官军至矣!"元济尚寝,笑曰:"俘囚为盗耳!晓当尽戮之。⑪"又有告者曰:"城陷矣!"元济曰:"此必洄曲子弟就吾求寒衣也。⑫"起,听于廷,闻愬军号令曰:"常侍传语!⑬"应者近万人。元济始惧,曰:"何等常侍,能至于此!"乃帅左右登牙城拒战⑭。

时董重质拥精兵万余人据洄曲⑮。愬曰:"元济所望者,重质之救耳。"乃访重质家,厚抚之,遣其子传道持书谕重质。重质遂单骑诣愬降⑯。

愬遣李进诚攻牙城,毁其外门,得甲库,取器械⑰。癸酉,复攻之，烧其南门，民争负薪刍助之，城上矢如猬毛⑱。铺时门坏，元济于城上请罪，进诚梯而下之⑲。

甲戌，愬以槛车送元济诣京师，且告于裴度⑳。是日，申光二州及诸镇兵二万余人，相继来降㉑。自元济就擒，愬不戮一人，凡元济官吏、帐下、厨厩之卒，皆复其职，使人不疑，然后屯于鞠场，以待裴度㉒。

……

李愬还军文城，诸将请曰："始公败于朗山而不忧，胜于吴房而不取，冒大风甚雪而不止，孤军深入而不惧，然卒以成功，皆众人所不谕也，敢问其故？"㉓愬曰："朗山不利，则贼轻我而不为备矣。取吴房，则其众奔蔡，并力固守，故存之以分其兵㉔。风雪阴晦，则烽火不接㉕，不知吾至。孤军深入，则人皆致死，战自倍矣㉖。夫视元者不顾近，虑大者不计细㉗，若矜小胜，恤小败，先自挠矣，何暇立功乎！"众皆服㉘。

愬俭于奉己而丰于待士，知贤不疑，见可能断，此其所以成功也㉙。

唐宋散文

讲一讲

司马光（1019～1086），字君实，陕州夏县（今山西省夏县）人，北宋著名的历史学家。他奉宋英宗诏命主编了《资治通鉴》。这是一部编年体史书，记载了自战国初期到五代一共 1362 年的政治、军事等史实。

① 平蔡之役：题目是后人所加，它选自《资治通鉴》第二百四十卷。这里只节选当中的一部分。

② 李愬(sù)：唐朝临兆(今甘肃省临兆)人，816 年被任命为节度使，讨伐叛将吴元济。谋：谋划。旌(jīng)旗：旗帜。旌，旗子的总称。裂：破裂。相望：前后都看得见，形容人很多。

③ 未：没有。尝：曾经。

④ 然：然而，可是。畏：害怕。莫：不。违：违抗。

⑤ 愈甚：更加大。以：用来。混：混淆。

⑥ 吴少诚：唐朝淮西节度使。拒：抗拒。三十余年：786 年，吴少诚占据蔡州，到 816 年李愬攻取蔡州，前后共三十一年。不为备：没有进行防备。

⑦ 壬申：十月十六日。四鼓：四更天。

⑧ 钁(jué)：大锄，这里当动词用，"挖"的意思。坎：坑洞。

⑨ 方：正。寐(mèi)：睡。击柝(tuò)者：打更的人。柝：打更用的梆。如故：照旧。

⑩ 纳众：放大家进去。及：到。亦然：也是这样。不之觉：即不觉之，没有发现他们。

⑪ 入居：进入占领。或：有人。寝(qǐn)：睡觉。戮：杀。

⑫ 洄曲子弟：指董重质带去守卫洄曲的子弟兵。就吾：跑到我这里来。

⑬ 廷：同"庭"，院子的意思。常侍：指李愬。传语：传下命令。

⑭ 惧：恐惧，害怕。何等：什么样儿的。帅：统帅，率领。牙城：指专门防护节度使衙门的小城。

⑮ 董重质：吴少诚的女婿，吴元济手下的重要将领。

⑯ 望者：盼望的人。抚：慰问。遣：派遣。传道：董重质的儿子。谕：告诉。诣(yì)：往，到。

⑰ 甲库：武器仓库。器械：武器一类的东西。

⑱ 癸酉：十月十七日。负：背。薪刍(chú)：柴草。城上矢如

唐宋散文

猬毛：李愬军队射出的箭,钉在城楼上像刺猬的毛一样多。

⑲ 铺(bǔ,旧读 bū)时：铺,通"晡",傍晚的时候。梯而下之：搭上梯子让他下来。

⑳ 甲戌：十月十八日。槛(jiàn)车：囚车。裴度：唐宪宗的宰相,当时任淮西宣慰、招讨、处置使,在前线督战。

㉑ 是日：这一天。申光二州：申州,今河南省信阳。光州：今河南省潢川。

㉒ 屯：驻扎。鞠场：球场。

㉓ 请：请教。始：开始。公：指李愬。忧：担忧,发愁。取：攻下。甚雪：大雪。卒以：终于以此。不谕：不明白。故：原因。

㉔ 贼：指吴元济。并力固守：齐心合力坚固守护。

㉕ 阴晦(huì)：天气阴暗不明。烽火不接：指报告敌情的烽火信号因天气条件不利而中断。

㉖ 致死：拼死。战自倍矣：作战自然就加倍卖力了。

㉗ 视元者不顾近：看长远的人不顾及近的。虑大者不计细：考虑大处的人不计较细小。

㉘ 矜(jīn)：夸。恤(xù)：担忧,忧虑。自挠：自己扰乱自己。何暇：哪里有功夫。

㉙ 俭于奉己：对自己很刻苦。丰于待士：对士兵很优厚。知贤不疑：知道是人才能放手使用不怀疑。见可能断：看到正确的能当机立断。

 译过来

　　李愬谋划袭击蔡州。……当时风雪很大,旗帜都被大风刮得破裂了,冻死的人和战马前后都看得见。天色阴沉漆黑,从张

柴村以东的道路，都是官军不曾走过的，人人自以为一定得死，可是害怕李愬，没有人敢违抗。到了半夜，雪更加大，走了七十里来到蔡州城。靠近蔡州城有一个养鹅鸭的池子，李愬命令士兵们打这些鹅鸭，用它们的叫声来混淆军队的行进声。自从吴少诚抗拒朝廷命令，官军不到蔡州城下已经有三十多年，所以蔡州人没有进行防备。

十月十六日，四更天，李愬来到蔡州城下，没有一个人知道。李愬、李忠义挖蔡州城，挖成一个坑洞，用来先登城，壮士们跟随着他们。蔡州城守卫城门的士兵正睡熟，全部被杀。但留下打更的人，让他照旧打更。于是，就打开城门放大家进去，到了里城，也是这样做，城中都没有发觉他们。鸡叫的时候，雪停住了，李愬进而占领了吴元济的外宅。有人告诉吴元济："官军到了！"吴济元还在睡觉，笑着说："这是那些俘虏在捣乱罢了，天亮应当把他们全部杀光。"又有人报告说："蔡州城陷落了！"吴元济说："这一定是董重质的子弟跑到我这里要御寒的衣服来了。"吴元济起来，在院子里，听到李愬的军队号令说："常侍传下话来。"响应的将近万人。吴元济开始害怕了，说："什么常侍，能到这里来！"就率领左右的人登上牙城抵抗。

当时董重质拥有精兵一万多人占据洄曲。李愬说："吴元济所盼望的，是董重质来救兵罢了。"他就访问董重质的家，优厚地安抚了他的家人，派遣他的儿子董传道拿着书信劝告董重质。董重质就一个人骑着马到李愬这里投降了。

李愬派遣李进诚攻打牙城，摧毁了它的外门，得到武器库，取得了很多武器。十月十七日，再攻打牙城，烧了它的南门，百姓争着背负柴草来帮助李进诚。李愬军队射向城上的箭像刺猬的毛一样多。傍晚的时候，牙城的城门攻破了，吴元济在城上请罪，李进诚搭梯子让他下来。

十月十八日，李愬用囚车把吴元济送往京城，并且去报告裴度。这一天，申州、光州以及各个城镇的士兵二万多人，相继来向李愬投降。自从吴元济束手就擒，李愬没杀一个人，凡是吴元济手下的官吏，帐下军厨、马厩的士兵，都恢复原职，使他们没有疑心，然后驻扎在球场，来等待裴度。

......

李愬率领军队回到文城，将领们请教说："当初您在朗山打败仗却不担忧，在吴房打胜仗却不攻城，冒着大风大雪而不停止前进，孤军深入而不害怕，然而终于成功。这都是大家不明白的，大胆地问问您这当中的原因。"李愬说："朗山不利，就使吴元济轻视我而不进行防备了。攻占吴房，就会使它里边的人们投奔蔡州，齐心协力坚固防守，所以保存吴房来分散吴元济的兵力。冰天雪地，阴云晦日，报警的烽火就不能接连传递，不知道我来到。孤军深入，就使人人都要拼死，作战力量就加倍了。眼光远大的人不顾近处，考虑大事的人不计较细小。假使夸耀小小的胜利，顾惜小小的失败，先就把自己扰乱了，哪里有功夫立功呢！"大家都很信服。

李愬对自己很节俭，但对士兵很丰厚，他能识察贤才，用人而不怀疑，发现可行时机，能果断决策，这就是他成功的原因。

帮你读

唐朝自从"安史之乱"以后，不少节度使（地区军政长官）往往不服从朝廷的命令，在自己管辖的地区里扩充军队，委派官吏，征收赋税，甚至让自己的儿子或者部将继承他们的节度使职位。其中淮西地区的节度使李希烈还做了皇帝。李希烈死后，他的部将吴少诚、吴少阳（吴少诚的大将）、吴元济（吴少阳的儿子）先后担任了淮西节度使。唐朝政府八次攻打淮西，都没取得胜利，一直到817年李愬接任隋、唐、邓节度使以后，才攻破了吴元济的首府蔡州城，活捉了吴元济，平定了淮西。

李愬攻打蔡州是我国古代战争史上"出奇制胜"的著名战例之一。在《资治通鉴》里，作者用比较多的篇幅记载了这一战役的详细经过。《平蔡之役》题目是后人所加，在这里我们只是节选了当中的两个部分，第一部分说的是李愬乘虚出奇，出敌不意，雪夜攻入蔡州的情况。第二部分说的是李愬治军严整，多谋善断，说明他的成功，并不是偶然的。

李愬来到军中以后，首先造成不想用兵的假象，诱使敌人放松警惕，"故蔡人不为备"，另一方面却为决战而进行一系列的准备工作，最后抓住风雪之夜，敌人没有防备的有利战机，突然奇袭，乘虚而入，终于活捉吴元济，胜利地实现了"麻痹敌人，出奇制胜"的战略意图。

在这里，作者还详细地叙述了李愬优待敌将家属以分化敌人的情节，使读者感到李愬的成功并不是冒险侥幸，而是重视战略战术，胸有成竹的结果。这就使人们对李愬这位有勇有智的将军的形象非常信服，所以说它是一篇以人物为中心的描写古代战争的佳作，有着较高的艺术性。

游褒禅山记

王安石

　　褒禅山亦谓之华山^①。唐浮图慧褒始舍于其址，而卒葬之^②；以故其后名之曰"褒禅"。今所谓慧空禅院者，褒之庐冢也^③。距其院东五里，所谓华阳洞者，以其乃华山之阳名之也^④。距洞百余步，有碑仆道，其文漫灭，独其为文犹可识，曰"花山"^⑤。今言"华"、如"华实"之"华"者，盖音谬也^⑥。

　　其下平旷，有泉侧出，而记游者甚众^⑦，所谓"前洞"也。由山以上五六里，有穴窈然，入之甚寒，问其深，则其好游者不能穷也^⑧，谓之"后洞"。余与四人拥火以入，入之愈深，其进愈难，而其见愈奇^⑨。有怠而欲出者，曰："不出，火且尽^⑩。"遂与之俱出。盖予所至，比好游者尚不能十一，然视其左右，来而记之者已少^⑪。盖其又深，则其至又加少矣^⑫。方是时，予之力尚足以入，火尚足以明也^⑬。既其出，则或咎其欲出者^⑭，而予亦悔其随之，而不得极夫游之乐也^⑮。

　　于是余有叹焉^⑯。古人之观于天地、山川、草木、虫鱼、鸟兽，往往有得^⑰，以其求思之深，而无不在也^⑱。夫夷以近，则游者众^⑲；险以远，则至者少^⑳。而世之奇伟、瑰怪、非常之观，常在于险远，而人之所罕至焉，故非有志者不能至也^㉑。有志矣，不随以止也,然力不足者,亦不能至也。有志与力,而又不随以怠^⑳,至于幽暗昏惑,而无物以相之,亦不能至也^㉑。然力足以至焉,于人为可讥,而在己为有悔^㉒;尽吾志也,而不能至者,可以无悔矣,其孰能讥之乎?此余之所得也^㉓。

余于仆碑,又以悲夫古书之不存,后世之谬其传而莫能名者,何可胜道也哉^㉔!此所以学者不可以不深思而慎取之也^㉕。

四人者:庐陵萧君圭君玉,长乐王回深父,余弟安国平父、安上纯父^㉖。至和元年七月某日,临川王某记^㉗。

讲一讲

王安石(1029～1085),字介甫,抚州临川(今江西省临川县)人。他不仅是北宋时期一位著名的政治家,又是一位优秀的文学家。著作有《临川先生文集》。

① 褒禅(bāo chán)山:山名,在今安徽省含山县北十五里的地方。

② 唐:唐朝。浮图:指的是和尚。始:开始。舍:这里当动词用,居住的意思。址:房基,这里指山脚下。而:而且。卒:死。葬:埋葬。之:代词,"这里"的意思。

③ 以故:因此。名之:给它取名。禅院:寺庙。庐:屋子。冢(zhǒng):坟墓。

④ 距:距离。以:因为。乃:就。阳:山的南面叫阳。华山之阳:华山的南面。

⑤ 仆道:倒伏在路上。文:文字。漫灭:模糊不清。独其为文犹可识:只能从它残留的字迹里辨认出。

⑥ 言：念。盖：大概的意思。音谬（miù）：把字音读错。

⑦ 平旷：地面平坦空阔。侧出：从旁边流出。记游者甚众：游览并记下自己姓名的人很多。

⑧ 穴：洞穴。窈（yǎo）然：幽暗深远的样子。好游者不能穷：喜好游览的人也没办法走到尽头。

⑨ 余：我。拥火：拿着火把。以入：走进去。奇：奇妙。

⑩ 怠：懒惰，懒于前进。且：就要，即将。

⑪ 遂：于是。俱：全都。予：我。不能十一：不到十分之一。然：可是，然而。记之者：记下姓名的人。

⑫ 盖：大概。这句是说，这是因为越是深的地方，到的人就越少了。

⑬ 方是时：正当这个时候。尚：尚且，还。足：足够。明：照明。

⑭ 既其出：出洞之后。其：语气助词。或：有人。咎：责怪。其欲出者：那个首先想要出去的人。

⑮ 悔：后悔。极：尽。夫：语气助词。

⑯ 于是：在这时。叹：感慨。

⑰ 得：心得。

⑱ 以其求思之深而无不在：这是因为他们探求思索得深切，因而非常周到，全面呀。

⑲ 夷：指地势平坦。以：在这里当"而"讲。

⑳ 险：指地势险要。

㉑ 瑰（guī）怪：壮丽奇特。罕：少。故：所以。非：不是。

㉒ 不随以怠：不跟随别人半路停止。

㉓ 昏惑：黑暗迷惑。物：外力。相：辅导，帮助。

㉔ 于:在。讥:讥笑。悔:悔恨。

㉕ 孰:谁。

㉖ 余于仆碑:意思说,我又从那块倒伏在路上的石碑产生了联想。悲夫:感慨。谬其传而莫能名者:以谬传谬,使人搞不清楚它本来的名字。谬:错误,此处做动词。名:此处有说清楚的意思。何可胜(shēng)道:哪里说得完呢。

㉗ 慎取:谨慎地选择。

㉘ 四人者:指一块来游览的四个人。庐陵:地名,今江西省吉安县。萧君圭:人名;君玉,是他的字。长乐:地名,今福建省长乐县。王回:人名;深父,是他的字。王安国:人名,王安石的弟弟;平父,是王安国的字。王安上:也是王安石的弟弟;纯父,是安上的字。

㉙ 至和元年:1054 年。临川:地名,今江西省临川县。

译过来

　　褒禅山也叫做华山。唐朝和尚慧褒开始建房居住在它的山脚下,而且死在这里,埋葬在这里。因此,这以后给它取名叫做"褒禅"。现在叫做慧空禅院的,就是慧褒的房屋和坟墓。距离这个禅院东边五里地,叫做华阳洞的,因为它就在华山的南面取名的。距离山洞一百多步,有座石碑倒伏在路上,上边的文字已经模糊不清,只有个别字迹还能辨认出来是"花山"。现在"华"字读成"华实"的"华",是读音错误。

　　它下面平坦宽阔,有泉水从旁边流出来,而记载游览的文字很多,就是叫做"前洞"的。从这里上山五六里地,有一个洞穴很幽暗深远。进到它里边很寒冷,问它的深度,那么即使好游览的人也没办法到达尽头,这就是叫做"后洞"的。我和四个人拿着火把进去,走进去越深,前进就越困难。可是看到的也越奇妙。有个松劲而想要退出的人,说:"不出去,火把就要灭了。"于是,我们跟着他全部都出来了。大概我达到的地方,还不到喜好游览的人到的地方的十分之一,但是看洞左右的石壁上,来这里记下姓名的人已经很少。那么更深的地方,到过的人就更加少了。当退出的时候,我的体力还足够用来往前走,火把还足够用来照明。出洞之后,有人责怪那个首先提出想要出去的人,而我也后悔跟随着他出来,因而不能得到尽情游览的快乐。

在这时,我很有感慨。古时候的人观察天地、山川、草木、虫鱼、鸟兽,往往有收获,因为他们探求思索得深切,因而他们才能有所收获。地势平坦而且路近的,游览的人就多;地势险要而且路远的,到过的人就少。可是世上奇特壮大、瑰丽险怪、不平常的景色,常常在地势险要而路远的地方。因而是人们极少到达的,所以没有志气的人是不能达到的。有了志气,是不会跟随着别人半路停止的;但是体力不足的人,也不能够到达的。有了志气和体力,又不随着别人松懈,但走到黑暗迷惑的地方,如果没有外力来帮助,也是不能到达的,可是力量能够达到而不能到达,在别人可以讥笑,在自己也会有所悔恨。如果是尽了志气,但却不能到达的人,就可以不悔恨了。别人又有谁能够讥笑他呢?这就是我的心得体会。

我对于倒伏在路边的石碑,又因它而悲伤,古书不能保存,后世的人以谬传谬而不能明白真相,哪里说得完啊!这就是学者为什么不可以不深思而谨慎地选择它的原因。

四个同游的人：庐陵的萧君圭字君玉，长乐的王回字深父，我的弟弟安国字平父、安上字纯父。

至和元年七月某日，临川王某记。

帮你读

这是一篇游记散文，是王安石三十四岁那年任群牧司判官（掌管马政机构的属官）时写作的。它借着记叙游山探奇的经历，表现了作者追求远大目标的坚定志向和坚强毅力，同时又阐述了一种严谨的治学道理。

全文可以分成三个部分。

第一个部分由两个段落组成，前一个段落从开头到"盖音谬也"，介绍了褒禅山和华阳洞名字的来历，根据倒伏路上的石碑上记载，指出"华山"应该"花山"。后一个段落从"其下平旷"到"而不得极游夫之乐也"，写的是作者游历"前洞"和"后洞"时的情况和见闻。发现"入之愈深，其进愈难，而其见愈奇"。但是这当中的道理，却不说出来，使得读者产生往下读的欲望。

第二个部分从"于是余有叹焉"到"此所以学者不可以不深思而慎取之也"，描写的是作者游褒禅山的心得和体会，把第一个部分提出的道理说了出来："非有志者不能至"。由此得出一个结论：在客观条件的许可下，做任何有意义的事情，都必须勇往直前，不畏险远，才能有所收获；否则，胸无大志，好逸恶劳，必定是一事无成。另外，作者从字迹模糊的碑文当中，发现我们误读山名的字音，进而想到由于古书不传或者失真，以讹传讹的现象十分普遍，研究学问应该深入思考，"深思而慎取"。

第三个部分从"四人者"到结尾,记录了作者的姓名和同游者的姓名,本文写作的时间。

这篇散文的艺术特点,首先是记游和议论相结合,而且把一篇名副其实的游记重点放在议论上。如果我们把它当做游记来欣赏,它比一般的游记要深刻得多,它使作者的所见所闻全都上升到了理论的高度,充满了哲理性。如果我们把它当做议论文来阅读,它又具有丰富而生动的形象,有着很强的文学性。

其次,这篇散文结构严谨,层层开掘,文笔曲折多变,使人读后留有无穷的回味。比如:前边写到"距洞百余步,有碑仆道,其文漫灭",后边就议论道:"余于仆碑,又以悲夫古书之不存,后世之谬其传而莫能名者,何可胜道也哉! 此所以学者不可以不深思而慎取之也。"

这篇散文的第三个艺术特点,就是语言非常精练、生动,当中的一些话常常被人们引用,成为催人奋发、进取的至理名言,比如:"夫夷以近,则游者众;险以远,则至者少。而世之奇伟、瑰怪、非常之观,常在于险远,而人所罕至焉,故非有志者不能至也。"

墨池记

曾 巩

　　临川之城东，有地隐然而高，以临于溪，曰新城①。新城之
上，有池洼然而方以长，曰王羲之之墨池者②，荀伯子《临川记》云
也③。羲之尝慕张芝，临池学书，池水尽黑，此为故迹，岂信然
邪④？方羲之之不可强以仕⑤，而尝极东方，出沧海，以娱其意于山
水之间⑥，岂有徜徉肆恣，而又尝自休于此邪⑦？羲之之书晚乃善，

则其所能，盖亦以精力自致者，非天成也⑧。然后世未有能及者，岂其学不如彼邪⑨？则学固岂可以少哉！况欲深造道德者邪⑩？

墨池之上，今为州学舍⑪。教授王君盛恐其不章也⑫，书"晋王右军墨池"之六字于楹间以揭之⑬，又告于巩曰："愿有记。"推王君之心，岂爱人之善，虽一能不以废⑭，而因以及乎其迹邪⑮？其亦欲推其事以勉其学者邪⑯？夫人之有一能，而使后人尚之如此⑰，况仁人庄士之遗风余思，被于来世者何如哉⑱！

庆历八年九月十二日，曾巩记⑲。

 讲一讲

曾巩（1019～1083），字子固，南丰（今江西省南丰县）人。北宋时期著名的散文家，为唐宋八大家之一。著作有《元丰类稿》。

① 临川：地名，在今江西省临川县。隐然而高：微微高起。临：靠近。

② 洼然：低凹的样子。方以长：又方又长。王羲之：晋朝人，我国古代著名的大书法家，人们称他为"书圣"。

③ 荀伯子：南朝宋颍（yǐng）阳（今河南省许昌市）人，著作有《临川记》。

④ 尝：曾经。慕：羡慕，敬仰。张芝：东汉时期的书法家。临：到。书：书法。尽：全都。岂：难道。信然：的确如此。邪：疑问语气词，相当"吗"、"呢"。

⑤ 方：当。强以仕：勉强做官。

⑥ 极：穷尽。尝极东方：曾经遍游了东方。出沧海：乘船出海。娱：娱乐。意：选择，寄托。

⑦ 岂：莫不是。徜徉（cháng yáng）：徘徊，闲逛。肆恣：放

纵，不受拘束。休：休息停留。

⑧ 晚：晚年。能：才能，指精湛的书法艺术。盖：大概。致：取得。天成：天生。

⑨ 然：这样，那样。彼：他。

⑩ 固：本来。况：况且，何况。深造道德：使品德方面有很高的成就。

⑪ 州学舍：宋朝时州、郡、府、县都没有学校，这里指抚州。学舍，就是学校的房子。

⑫ 王君：等于说"王先生"。盛恐：很担心。章：明显。

⑬ 王右军：王羲之做过右军这样的官，所以人们又叫他"王右军"。书：这里是"写"的意思。楹：屋柱。楹间：两柱之间的上方，一般挂匾额的地方。揭之：标明出来。

⑭ 推：推测。虽一能不以废：虽然一技之长也不肯埋没它。

⑮ 因：因而，因此。及：到。其：他的。迹：遗迹，故迹。这句是说，因此联系到重视他的遗迹吗？

⑯ 其：第一个"其"，当"也许"讲。第二个"其"，当"他"讲，指王羲之。第三个"其"，当"他"，指王君。推：推广。

⑰ 夫：发语词。尚：推崇。

⑱ 仁人庄士：有道德学问的人。遗风余思：传下来的德行和思想。被于：影响到。何如哉：怎么样啊？

⑲ 庆历八年：就是 1048 年。

译过来

临川的城东，有个地方微微高起，靠近溪水边，叫做新城。新城的上边，有一座池子，低凹而呈长方形，叫做王羲之的墨池，这是荀伯子《临川记》里说的。王羲之曾经敬仰张芝,到池边学习书法,池水都黑了,这是他的故迹,难道是真的吗?当王羲之坚决不再做官,勉强他做官也办不到的时候,曾经远游东方,出大海,在山水之间寻找他生活的乐趣。莫非当他纵情山水时,却又曾经在这里停留过吗?王羲之的书法到了晚年才特别好,他能够取得精湛的书法艺术,大概也是用他自己的精力取得的,并不是天生的。如果这样,那么后世没有人能够赶上他,难道不是因为他们学习不如王羲之吗?这样看来学习的功夫本来怎么可以少呀!何况要使道德方面达到很高的修养的人呢?

墨池的上边,现在是州办的官学,教授王先生非常担心墨池的来历不为世人所知,就把写有"晋王右军墨池"六个字的纸条悬挂在房前两柱子中间标明出来,又告诉曾巩说:"希望有一篇记。"推测王先生的心思,难道是喜爱别人的长处,虽然只是一技之长也不肯埋没它,因此就连他的遗迹一并重视吗?莫不是还想要推广王羲之刻苦学习的事迹,来勉励向他求学的人吧?人有一技之长,而使后人推崇他到这种程度,何况仁爱的人,庄重之士传下来的风气和思想,影响到来世的人又会怎样啊!

庆历八年九月十二日,曾巩记。

帮你读

《墨池记》是一篇寓意深长、风格平易的优秀散文,是曾巩的代表作,它从王羲之的书法到了晚年才登峰造极这一事实出发,结合其"临池学书,池水尽黑"的传说,指出了王羲之的卓越成就,是"以精力自致",而不是"天成"。作者的意图,虽然在鼓励后人"深造道德",但是另一方面也说明了人的勤学苦练、努力,是学业上取得成就的重要原因。

《墨池记》共有两个部分。

第一部分,从开头到"况欲深造道德者邪"。作者从墨池的地理位置、外形特点和名字由来,简要介绍了它的有关情况,给人留下了清晰的整体印象,用"临池学书,池水尽黑"仅仅八个字就说明了王羲之平时学习书法的刻苦,费尽了"精力",这就为下文即事立论埋下了伏笔。从"方羲之之不可强以仕"开始,作者由简要叙述墨池情况转到了议论,"羲之之书晚乃善,则其所能,盖亦以精力自致者,非天成也"。语气委婉而又十分坚定,言之有据,论之有理,令人信服。

第二部分,从"墨池之上"到结尾。作者又把笔端转回墨池,波澜起伏。"墨池之上,今为州学舍",补充说明墨池的现状,引出州学教授王君向作者索取文章的经过。作者即事生情,又发议论。以"仁人庄士"的"遗风余思"必将长期流传,产生深远影响作结语,收到了深化主题的艺术效果,饶有回味。

《墨池记》的语言朴素而又精练含蓄。如"曰新城","出沧海",而且作者在不到三百字的文章里用了六处设问,委婉含蓄中寓意着发人深思的无穷意趣。

唐宋散文

活 板

沈 括

　　板印书籍，唐人尚未盛为之①。五代时始印五经，已后典籍皆为板本②。

　　庆历中，有布衣毕昇，又为活板③。其法用胶泥刻字，薄如钱唇，每字为一印，火烧令坚④。先设一铁板，其上以松脂、蜡和纸灰之类冒之⑤。欲印，则以一铁范置铁板上，乃密布字印，满铁范为一板，持就火炀之⑥；药稍熔，则以一平板按其面，则字平如砥⑦。若止印三二本，未为简易⑧；若印数十百千本，则极为神速。

　　常作二铁板，一板印刷，一板已自布字，此印者才毕，则第二板已具，更互用之，瞬息可就⑨。每一字皆有数印，如"之"、"也"等字，每字有二十余印，以备一板内有重复者。

　　不用，则以纸贴之，每韵为一贴，木格贮之⑩。有奇字素无备者，旋刻之，以草火烧，瞬息可成⑪。不以木为之者，木理有疏密，沾水则高下不平，兼与药相粘，不可取⑫；不若燔土，用讫再火令药熔，以手拂之，其印自落，殊不沾污⑬。

　　昇死，其印为予群从所得，至今保藏⑭。

　　沈括（1031～1095），字存中，钱塘（今浙江省杭州市）人。他

是宋朝一位杰出的学者,学问非常渊博,对于文学、艺术、自然科学、历史、考古都有比较深刻的研究,并且在各方面提出了创造性的见解。主要著作有《梦溪笔谈》,其中包含着很丰富的科学资料,尤其是记录和表扬了许多当时人民在工业、工程上的杰出的发明和创造,是北宋时期科学史的宝贵资料。

① 板:通"版",雕刻印刷的木板。板印:指雕版印刷。唐人尚未盛为:唐朝人还没有广泛地推行。

② 五经:就是《诗》、《书》、《礼》、《易》、《春秋》,这五部儒家经典著作。已:同"以"。典籍:传统的重要书籍。板本:雕版印刷的本子。

③ 庆历中:就是 1041 年到 1048 年之间。布衣:平民百姓。毕昇,人名,北宋时期劳动人民当中的发明家,发明了活字印刷,是世界上第一个发明活字印刷术的人。

④ 胶泥:粘土。钱唇:铜钱的边儿。印:字模。令坚:使它坚硬。

⑤ 松脂:松香。和(huò):混合。冒:盖。

⑥ 铁范:用铁制做的框子。持就:拿着靠近。炀(yáng):烘烤。

⑦ 药:指松脂、蜡、纸灰这些东西。砥(dǐ):磨刀石。

⑧ 若:如果。止:通"只"字。简易:简单方便而又容易。

⑨ 布字:排字。毕:完毕。具:准备,这里是说排字已经排好。更互:交换,轮换。瞬息可就:一眨眼的工夫就可以完成。

⑩ 韵:韵目。贮:贮存。

⑪ 奇字:不常见的字。素:平时。旋(xuàn):立刻。

⑫ 不以木为之者:用胶泥而不用木头的理由。木理:木头上

的木纹。不可取：不容易取出来。

⑬ 燔(fán)：烧。燔土：就是前边说的"用胶泥刻字，火烧令坚"。讫：完毕。火：当动词用，烧烤。拂：抹。殊：绝。

⑭ 群从(zòng)：古时候称侄子为"从子"，这里指儿子和侄子一辈的人。

译过来

雕版印刷书籍，唐朝人还没有十分推行。自从五代时开始印刷五经，此后的经典书籍，都是雕版印刷的。

庆历年间，有一个平民叫毕昇，又发明了活字印刷。他的方法是：用粘土刻字，薄得像铜钱的边儿，每个字是一个字模，用火烧使字模坚硬；先设置一块铁板，它的上边用松香、蜡调和纸灰一类的东西盖上；想要印刷，就用一个铁制成的框子放在铁板上，然后把字模排满一框，成为一个版面，拿到火上去烫；松香、蜡调和纸灰的药料稍微熔化，就用一个平板在底面按压，于是字模一律平整得像磨刀石一样了。如果只印三两本，这样做还不算简单容易；如果印刷几十、几百、几千本，就非常神速。

平常制作两块铁板，一块板正在印刷，一块板已经开始排字。这里刚一印完，那第二块板已经准备好，交换地使用它，一眨眼的工夫就可以完成。每一个字都有好几个字模，比如"之"、"也"等字，都有二十多个字模，用来准备一版里边有重复的字。

如果不用，就用纸签标明贴在上面，每个韵目是一帖，贮存在木格里边。有特殊的字，平时没有准备的，马上就刻起来，在草火上烧硬，一眨眼的功夫就可以完成。不用木头刻字模的理由,是因为木头的纹理有疏有密,沾水以后会高低不平,并且松香、蜡调和纸灰相粘,不能取出来,所以不如泥模。用完再烧,让松香、蜡调和纸灰的纸料熔化,用手一抹它,它的字模就散落下来,绝不沾污。

毕昇死了以后,这种字模被我的侄辈得到,作为珍宝收藏到现在。

活板,就是活字版印刷术,是我国古代科学技术史上的一项重大发明,对人类文化的发展起了巨大的促进作用。

《活板》这篇文章,选自《梦溪笔谈》。它是对北宋发明家毕昇在印刷术的创造和技术革新方面详细而最早的记录。在毕昇以前,人们用的都是雕版印刷,要花费许多的时间和人力、物力。毕昇发明这种活字印刷方法,不但节省了材料,而且提高了生产效率,书籍可以得到大量的印刷和流传。毕昇是世界上第一个发明活字印刷术的人,比欧洲发明活字印书要早四百年,对于整个人类的文化发展,做出了非常巨大的贡献。沈括的这篇《活板》,不仅是一篇具有世界意义的科学文献,同时也反映了我国古代劳动人民的创造才能。

《活板》这篇文章叙事精练,层次清楚,用简练的文笔把活字印刷术记叙得好像就在读者面前操作一样,给人以深刻清晰的印象。

前赤壁赋

苏 轼

壬戌之秋，七月既望，苏子与客泛舟，游于赤壁之下①。清风徐来，水波不兴②。举酒属客，诵明月之诗，歌窈窕之章③。少焉，月出于东山之上，徘徊于斗牛之间④。白露横江，水光接天⑤。纵一苇之所如，凌万顷之茫然。浩浩乎如冯虚御风，而不知其所止；飘飘乎如遗世独立，羽化而登仙⑥。

于是饮酒乐甚，扣舷而歌之⑦。歌曰："桂棹兮兰桨，击空明兮泝流光⑧。渺渺兮予怀，望美人兮天一方⑨。"客有吹洞箫者，倚歌而和之⑩。其声呜呜然，如怨如慕，如泣如诉⑪。余音袅袅，不绝如缕⑫。舞幽壑之潜蛟，泣孤舟之嫠妇⑬。

苏子愀然，正襟危坐而问客曰："何为其然也⑭？"客曰："'月明星稀，乌鹊南飞'，此非曹孟德之诗乎⑮？西望夏口，东望武昌。山川相缪，郁乎苍苍。此非孟德之困于周郎者乎⑯？方其破荆州，下江陵，顺流而东也⑰，舳舻千里，旌旗蔽空，酾酒临江，横槊赋诗⑱，固一世之雄也，而今安在哉⑲？况吾与子渔樵于江渚之上，侣鱼虾而友麋鹿⑳。驾一叶之扁舟，举匏樽以相属㉑。寄蜉蝣于天地，渺沧海之一粟㉒。哀吾生之须臾，羡长江之无穷㉓。挟飞仙以遨游，抱明月而长终㉔。知不可乎骤得，托遗响于悲风㉕。"

苏子曰："客亦知夫水与月乎？逝者如斯，而未尝往也㉖。盈虚者如彼，而卒莫消长也㉗。盖将自其变者而观之，则天地曾不能以一瞬㉘。自其不变者而观之，则物与我皆无尽也，而又何羡乎㉙？且夫天地之间，物各有主，苟非吾之所有，虽一毫而莫取㉚。惟江上之清风，与山间之明月，耳得之而为声，目遇之而成色。取之无禁，用之不竭㉛。是造物者之无尽藏也，而吾与子之所共适㉜。"

客喜而笑，洗盏更酌㉝。肴核既尽，杯盘狼藉㉞。相与枕藉乎舟中，不知东方之既白㉟。

 讲一讲

苏轼（1037～1101），字子瞻，别号东坡居士，所以又叫"苏东坡"，眉州眉山（今四川省眉山县）人。是北宋时期著名的文学家，"唐宋八大家"之一，著作有《东坡全集》。

① 壬戌：宋神宗元丰五年，就是1082年。望：阴历每月的十五日。既望：十六日。苏子：苏轼对自己的称呼。泛舟：乘坐着小船。赤壁：这里指黄冈赤壁。湖北省一共有五个叫赤壁的地方：黄冈赤壁、蒲圻（qí）赤壁、汉川赤壁、汉阳赤壁、武昌赤壁。三国时期孙权和刘备联军大破曹操的蒲圻赤壁，所以人们叫它"武赤壁"。黄冈赤壁由于苏轼的《赤壁赋》出了名，所以人们叫它"文赤壁"，又叫"东坡赤壁"。

② 徐：缓慢、慢慢地。兴：起来，起。

③ 属（zhǔ）：致意，请。举酒属客：举起酒杯，请客人一块饮酒。明月之诗：指《诗经·陈风·月出》一诗。这首诗第一章当中有"舒窈纠（yǎo jiū）兮"一句。窈窕（tiǎo）之章：指的是这首诗的第一章。"窈纠"和"窈窕"音义相近。

④ 少焉：一会儿。斗、牛：两个星宿的名字。

⑤ 白露：白茫茫的水汽。横：横铺。

⑥ 纵：任凭。一苇：这里比喻船很小，像一片苇叶。如：往。凌：越过。万顷：形容江面宽广。茫然：旷远的样子。浩浩：水大的样子。冯：就是"凭"。虚：天空。御风：乘风。遗世：离开世界。羽化：传说，成仙的人能够飞升，像长了翅膀一样。

⑦ 于：在。是：这，这时。乐甚：很高兴。扣：拍打。舷（xián）：船舷。

⑧ 桂棹（zhào）：桂树做的棹。兰桨：兰木做的桨。棹和桨都是划船用的工具。空明：宽阔明净。溯（sū）：同溯，逆流而行。流光：浮流着的月光。

⑨ 渺渺（miǎo）：遥远。怀：心怀，心想。美人：心中想慕的贤人。天一方：天各一方。

⑩ 倚歌而和之：按着歌曲的曲调伴奏。

⑪ 然：形容词词尾，表示"……的样子"。怨：怨恨。慕：爱慕。泣：哭泣。诉：诉说。

⑫ 袅袅（niǎo）：缭绕的样子。绝：断。缕：细丝。

⑬ 舞：起舞，舞蹈。幽壑（hè）：幽深的沟，幽深的洞穴。嫠（lí）妇：寡妇。

⑭ 愀（qiǎo）然：忧愁的样子。危坐：端坐。何为其然也：为什么声音这样悲凉呀？

⑮ "月明星稀，乌鹊南飞"：这是曹操的《短歌行》里的诗句。曹孟德：就是曹操。孟德是他的字。

⑯ 夏口：今湖北省武昌市。武昌：今湖北省鄂城县。缪（móu）：环绕。郁：茂盛的样子。郁乎苍苍：山树茂密，一片苍翠的颜色。乎：在这里是语气助词。困：围困。周郎：指三国时期东吴的周瑜。

⑰ 方：正在，当。荆州：就是今湖北省和湖南省一带。下：攻下，占领。江陵：今湖北省的江陵县。

⑱ 舳舻（zhú lú）：船尾、船头。舳舻千里：战船的船尾和船头连接，长达千里。旌旗蔽空：无数飘扬的战旗遮盖了天空。酾（shī）酒临江：面对大江斟酒痛饮。横槊（shuò）赋诗：横拿着长矛吟诗。

⑲ 固一世之雄也：本来是一时的英雄呀！安：什么，什么地方。

⑳ 况：何况。子：你。渔：渔夫。樵：樵夫，打柴的人。渚：水里边的沙洲。侣：伴侣。友：朋友。

㉑ 一叶：形容船小得像一片叶子。扁舟：小船。匏（páo）

樽：用葫芦做的酒杯。相属：相敬、相劝。

㉒ 寄：寄居。蜉蝣（fú yóu）：一种只能在水里活几个小时的小虫子。渺：渺小。沧海：大海。一粟：一粒米。

㉓ 哀：悲伤。须臾（yú）：片刻，时间特别短。羡：羡慕。无穷：没有穷尽。

㉔ 挟（xié）：携同。遨游：远游。长终：永远存在。

㉕ 知：知道。骤得：很快得到。托：寄托，借着。遗响：余音，指箫声。悲风：悲凉的秋风。

㉖ 逝：去，离去。斯：这，指水。

㉗ 盈：圆。虚：缺。盈虚者：指月亮。卒：到底。消：减少。长：增长。

㉘ 曾（céng）：简直。一瞬：一眨眼。

㉙ 我：我们，指人类。物与我皆无尽也：万物和人类都是永远存在而不会消灭的。

㉚ 且夫：发语词。苟（gǒu）：如果。

㉛ 惟：只。无禁：没有谁来禁止。竭：完，尽。

㉜ 是：那么。造物者：指天，自然界。共适：共同享受。

㉝ 盏：酒杯。更酌：重新斟酒。

㉞ 肴（yáo）核：菜肴和果品。狼藉：散乱的样子。

㉟ 枕藉：你靠着我，我靠着你。既白：东方已经发白了。

 译过来

　　壬戌年的秋天，七月十六日，苏子和客人乘坐着小船在赤壁的下边游玩。清风慢慢吹来，江水静静地不起波浪。举起酒杯

请客人一块饮酒，诵读"明月"的诗篇，歌唱"窈窕"的乐章。一会儿，月亮出现在东边的山上，徘徊在斗宿牛宿之间。白茫茫的水汽横铺在江上，天光和水光上下相接。任凭芦苇叶一样的小船在江上漂荡，越过宽广旷远的江面，浩浩荡荡，凭空乘风一样不知道它在什么地方停住，飘飘荡荡，像离开人间独立一样，长了翅膀，成了仙人。

在这时喝酒很是高兴，敲打着船舷歌唱。歌唱道："桂树做的棹呀兰木做成的桨，拍打透明的水波呀在流动的月光逆水而上。遥远渺茫呀我的怀念，远望心中相慕的贤人呀天各一方。"客人当中有吹洞箫的人，按照歌曲的曲调伴奏。箫声呜呜咽咽，像怨恨，像爱慕，像哭泣，像诉说，余音缭绕，像细丝一样总不断绝。能使潜伏在幽深洞穴里的蛟龙起舞，能使居住孤单小船上的寡妇哭泣。

苏子忧愁起来，理正衣襟端坐向客人说："为什么箫声这样悲凉？"客人说："'月明星稀，乌鹊南飞'，这不是曹孟德的诗句吗？西望夏口，东望武昌，山川缠绕，山树茂密，一片苍翠，这不是曹孟德被周瑜围困的地方吗？当他攻破荆州，占领江陵，顺江水指向东边的时候，战船的船尾连接着船头，长达千里，无数飘扬的战旗遮盖了天空，面对大江斟酒痛饮，横拿着长矛吟诗，本来是一代的英雄，可是今天在什么地方呢？何况我和你在江中的沙洲上捕鱼打柴，和鱼虾做伴侣，把麋鹿当朋友，驾驶着叶子一样的小船，举起葫芦做成的酒杯相敬相劝，像蜉蝣一样寄居在天地之间，渺小得像大海里的一粒米。悲伤我们的生命短促得只有片刻，羡慕长江流水没有穷尽。携同飞升的仙人去远游，怀抱明月而永远存在。知道这是不可能很快得到的，把箫声的余音寄托在悲凉的秋风。"

　　苏子说："客人也知道那水和月亮吗？江水总是这样不断地流去，可它始终没有消失掉；月亮总是那样有圆有缺，可它始终没有增长减少。要是从它变化一面来看，那么天地的万物简直不能保持一眨眼的工夫；从它不变的一面来看，那么万物和我都没有穷尽，又有什么可以羡慕的呢？而且天地之间，万物各有自己的主宰，如果不是归我所有，虽然只有一丝一毫也拿不来。只有江上的清风，和山间的明月，耳朵听见了就成为声音，眼睛遇见就成为颜色，拿它们没有谁禁止，用它们也不会完尽。这是造物主的没有穷尽的宝藏呀，是我和你可以共同享受的快乐。"

　　客人喜悦地笑了，洗洗酒杯重新斟酒。菜肴和果品吃完了，杯子和盘子散乱地摆着。大家相互你靠着我，我靠着你睡着了，不知道东方已经发白了。

　　这篇散文，是苏轼在 1082 年写的。1079 年，有人诬陷他写诗攻击朝廷，因而被捕入狱。苏轼出狱以后，被降职到黄州任团练副使，这是一种掌管州的军事的官职。这件事情对苏轼的打击很大。到了黄州，他的处境并不好。苏轼想到年华容易消逝，事业却没什么成就，不能不产生痛苦。所以，他往往把感情寄托在山水之间，来排除这种痛苦。这样，苏轼就写下了这篇不朽的《前赤壁赋》。

　　这篇散文，首先描写的是泛游长江的情形，在清风明月，波光万顷的美景当中，引出"羽化而登仙"的畅想。接着，因为凄切的箫声引起感情的过渡,通过对历史人物的凭吊,陷入现实生活的苦闷,抒发了人生短促,抱负志向难以得到实现的感慨。最后,苏轼以眼前的景物作比喻,发出了一段万物有变,也有不变的哲理的议论。

这篇散文运用主人和宾客对答的手法,巧妙地表达了由乐生悲、由悲而喜的感情变化过程。但是,苏轼并没有找到人生哲学的正确答案,尽管表现得很超脱,实际上却很空虚飘缈。

这篇散文的最大特点就是将叙事、描写、议论和抒情错杂并用达到了炉火纯青的地步:情、景、理三者水乳交融,浑为一体,诗情画意,兼而有之,而且写得非常自由,清新流畅。不愧是传世杰作。

黄州快哉亭记

苏　辙

　　江出西陵，始得平地。其流奔放肆大①，南合沅湘，北合汉沔。其势益张②。至于赤壁之下，波流浸灌，与海相若③。清河张君梦得，谪居齐安，即其庐之西南为亭，以览观江流之胜④，而余兄子瞻名之曰"快哉"⑤。

　　盖亭之所见，南北百里，东西一舍⑥。涛澜汹涌，风云开阖⑦。昼则舟楫出没于其前，夜则鱼龙悲啸于其下⑧，变化倏忽，动心骇目，不可久视⑨。今乃得玩之几席之上，举目而足⑩。西望武昌诸山，冈陵起伏，草木行列，烟消日出，渔夫樵父之舍皆可指数⑪。此其所以为快哉者也。至于长洲之滨，故城之墟，曹孟德、孙仲谋之所睥睨⑫，周瑜、陆逊之所骋骛，其流风遗迹，亦足以称快世俗⑬。

　　昔楚襄王从宋玉、景差于兰台之宫，有风飒然至者，王披襟当之⑭，曰："快哉，此风！寡人所与庶人共者耶？"宋玉曰："此独大王之雄风耳，庶人安得共之！"玉之言，盖有讽焉⑮。夫风无雌雄之异，而人有遇不遇之变⑯。楚王之所以为乐，与庶人之所以为忧，此则人之变也，而风何与焉⑰？士生于世，使其中不自得，将何往而非病⑱？使其中坦然，不以物伤性，将何适而非快⑲？今张君不以谪为患，窃会计之余功，而自放山水之间，此其中宜有以过人者㉑。将蓬户瓮牖无所不快㉑，而况乎濯长江之清流，挹西山之白云，穷耳目之胜以自适也哉㉒！不然，连山绝壑，长林古木，振之以清风㉓，照之以明月，此皆骚人思士之所以悲伤憔悴而不能胜者㉔，乌睹其为快也哉㉕？

元丰六年十一月，朔日赵郡苏辙记㉖。

 讲一讲

苏辙（1039～1112），字子由，眉州眉山（今四川省眉山县）人，苏洵的儿子，苏轼的弟弟。他和父兄同称"三苏"。"唐宋八大家"之一。著作有《栾城集》。

① 江：指长江。西陵：西陵峡，长江三峡之一。始：开始。得：得遇，有进入的意思。其：它的。奔放：形容水势迅猛。肆大：形容水面开阔浩大。

② 合：汇合。沅：沅水。湘：湘水。汉沔（miǎn）：就是汉水。益张：越来越盛大。

③ 至于：来到。赤壁：指的是黄冈赤壁。浸灌：渐渐灌注。相若：相像。

④ 清河：地名，今河北省清河县。张梦得：人名。谪居：降职居住。齐安：地名，就是黄州，今湖北省黄冈县。即：就去。庐：简陋的房屋。以：用。览：看。胜：指壮丽的江景。

⑤ 余：我。子瞻：就是苏轼，子瞻是他的字。名之曰：给他起了个名字。

⑥ 盖：语气词，没有实际意义。之：主谓之间，取消句子独立

性。所见:看见的地方。所,放在动词前面,表示"……的人","……的地方"。舍:三十里为一舍。

⑦ 开阖(hé):指有时消散,有时密布。

⑧ 昼:白天。楫(jí):船桨。舟楫,在这里是船只的意思。啸(xiào):动物长声吼叫。

⑨ 倏(shū)忽:急速。骇(hài):害怕,吃惊。

⑩ 玩:赏玩。这句是说,现在却能在亭子里边的几席之上尽情赏玩,举眼一望就可以饱看这奇丽的风光。

⑪ 武昌:地名,指今湖北省鄂城县。冈:山脊。陵:大土山。古时候,人们把石头大山叫做"山",又小又尖的山叫做"岭",夹在大山中间的小土山叫做"丘",大土山叫做"陵"。指数(shǔ):可用指头一点数。

⑫ 长洲:指江岸的沙滩。滨:水边。故城:旧城。墟:废墟。曹孟德:就是曹操。孙仲谋:就是孙权。睥睨(pì nì):斜着眼睛看,形容争夺占领。

⑬ 陆逊:三国时期东吴的将领。骋骛(chěng wù):驰骋追逐,奔走。称快世俗:使一般的人称快。

⑭ 昔:过去。楚襄王:春秋时期楚国国君。从:跟随,这里是"带领"的意思。宋玉:楚国的大夫,屈原的弟子,是一位文学家。景差:人名,也是春秋时期一位文学家。于:到。兰台:地名,在今湖北省钟祥县东。飒(sà)然:风声。披襟:展开衣襟。当:对着。

⑮ 寡人:诸侯对自己的称呼。庶人:老百姓。耶(yé):句末语气词,相当"吗"或"呢"。盖:大概的意思。讽:讽刺,讥讽。

⑯ 异:不同。遇不遇:遇见机缘和不遇机缘。

⑰ 而风何与焉:风跟他们有什么关系呢?

⑱ 使:假使。中:内心。自得:指自得之乐,不因为遇不到时机而伤害自己的心情。使其中不自得:假使他心中没有自得之乐。病:忧愁,怨恨。将何往而非病:不论去什么地方都不忧愁。

⑲ 不以物伤性:不因为外物而伤害自己的本性。适:往。

⑳ 以:因为。患:忧虑。窃:利用。会(kuài)计:管理钱财谷物的工作。余功:剩余的时间。宜:应当。过:胜过。

㉑ 将:在这里是即使的意思。蓬户:用蓬草编门。瓮牖(wèng yǒu):用破坛子做窗口。

㉒ 况:何况,况且。濯(zhuó):洗。挹(yì):舀。穷:尽。胜:美妙。适:快乐。

㉓ 不然:不是这样。连山绝壑(hè):连绵的山冈,断裂的山谷。振:振动。

㉔ 骚人思士:忧伤的诗人和不得志的士大夫。胜(shēng):忍受。

㉕ 乌睹:怎么能看见。

㉖ 元丰六年:就是1083年。朔日:阴历每月的初一。赵郡:地名,今河北省栾城县,苏辙的祖先是赵郡栾城人,所以说"赵郡苏辙"。

译过来

长江流出西陵峡,开始得见平地,它的水流迅猛浩大。向南面汇合了沅水和湘水,向北面汇合了汉水,水势越来越大。来到赤壁下边,波浪慢慢流动,渐渐灌注进来,跟大海相像,清河张梦得被降职居住黄州,就在他住房的西南修建了一座亭子,用来观览

江水的优美景色,而我的兄长子瞻给亭子起了个名字叫"快哉"。

在亭子里可以看到的地方,从南到北约有一百里,从东到西约有三十里,浪涛波澜汹涌,风云有时消散,有时密布。白天是船只出没在它的眼前,夜晚是鱼龙悲伤长叫在亭下。变化急速,心弦被触动,眼见了惊吓,叫人不敢长久地观看。现在却能够在亭子里的案几坐席上玩赏风景,一抬眼就可以看个够。往西远望鄂城的群山,山冈丘陵高低起伏,野草树木在成行排列,烟云消散,太阳出来,渔翁和樵夫的房屋,都可以指头一一点数出来,这就是叫它"快哉"的原因。至于长沙洲的江岸,旧城的空墟,是曹操、孙权窥察占领的地方,周瑜、陆逊驰骋追逐的战场,他们留下的风气和古迹,也足够一般人称快。

从前楚襄王让宋玉、景差跟随到兰台官里,有一阵清风习习吹来,楚襄王展开衣襟对着风说:"痛快呀,这阵风是寡人和老百姓共同享受的吧?"宋玉说:"这是大王单独有的雄风罢了,老百姓怎么能和您共同享受呢!"宋玉的话大概是有讽刺意味的。风没有雌雄的不同和区别,可是人有着遇见机缘和不遇机缘的变化。楚襄王之所以觉得快乐,老百姓之所以觉得忧愁,这都是人的变化,风与他们有什么关系呢?读书做官的士人生活在世上,假使他心中没有自得之乐,将会不论到哪里都感到忧愁。假使他们心中非常坦然,不因为外物而伤害自己的本性,将会不论到哪里都感到快意。现在张梦得不因为被降职而忧患,私下利用管理钱财谷物工作的剩余时间,而让自己放情于高山流水之间,这就是他心中应当有胜过别人的地方。即使用蓬草编门,用坛子做窗口,也没有不快乐的;又何况是洗于长江的清流,一舀西山的白云,尽量让耳听目睹的优美风光来使自己快乐呀!如果不是这样，那么连绵的山冈，中断的山谷，辽阔的森林，古老的树木，让清风振动它们，使明月照耀它们，这都是忧伤的诗人和忧思的士大夫所悲伤憔悴而不能忍受的景色，怎么看得见它的"快啊""哉啊"！

元丰六年十一月初一赵郡苏辙记。

"快哉亭"是苏轼和苏辙的朋友张梦得被贬官到黄州时，在他住处附近修建的一座亭子。这个亭子的名字是苏轼起的。当时，苏辙也被贬官到筠州（今江西省高安县），他的这篇《黄州快哉亭记》，记叙了"快哉亭"的命名的意义，由"快哉"落笔，引出披襟风的故事，得出"使其中不自得，将何往而非病。使其中坦然，不以物伤性，将何适而非快"的结论。对苏轼和张梦得在遭到谪贬以后，能"不以物伤性""何适而非快"的乐观、倔强的情怀，表示倾慕和赞赏。苏辙、苏轼和张梦得都是在政治上不得意的人，然而偏偏在"快哉"上做文章，实际上就是对朝廷的一种变相抗议。

《黄州快哉亭记》可分成三段。

第一段，从长江的水势写起，引出张梦得建亭，苏轼给亭命名"快哉"。这一段描述长江的文字并不长，可层次非常清楚，用词也非常生动具体。长江的水流刚出西陵峡，用了"奔放肆大"四个字就写出了江水开始浩大的形势，跟沅湘汉沔合流以后，用了"其势益张"；到赤壁之下，就用了"波流浸灌，与海相若"。接着作者笔锋一转，落到"快哉亭"。因为建亭是为"览观江流之胜"。这种写法使得文章的开头就起得突兀，而且用"览观江流之胜"回头照应,也显得构思非常巧妙,非常切题。

第二段,写的是在快哉亭上所看到的景象,作者写的全部景物,都没有离开快哉亭。"盖亭之所见,南北百里,东西一舍。"下边看到的景色,都是从亭子上看到的。"今乃得玩之几席之上",落笔还在快哉亭。"此其所以为快哉者也","亦足以称快世俗",就是说明一切壮观奇景,历史遗迹,正好又是叫做"快哉"的原因。这样,让人读完以后,就觉得快哉亭的确值得一记,令人信服。

第三段,作者的心境、情绪、思想得到了充分的体现。作者通过楚襄王披襟当风的故事,点明"快哉"二字最早的出处,而且还从宋玉对楚襄王所说的国王和百姓不能共同享受同样的风,引出"人有遇不遇之变",接着指出"此则人之变"的结论。然后作者借题发挥,发出了"士生于世,使其中不自得,将何往而非病?使其中坦然,不以物伤性,将何适而非快"的感慨。对张梦得"不以谪为患,而自放山水之间"的赞赏,都是作者思想感情的抒发。这种感情可以说是作者对当时政治的一种不满,也可以说是表现了作者对政治上不得意的一种乐观的人生态度。

这篇散文叫做《黄州快哉亭记》,全篇都围绕着"快"字来发挥,"快"字贯串始终,而且一次又一次地出现。这样使得全篇结构严密,丝毫没有散漫的感觉。

这篇散文,有写景,有抒情,但也有议论,写景为了抒情,抒情离不开写景,在写景抒情当中又发出议论。所以全篇不但描绘了快哉亭上所看到的景色,又抒发了作者心中不平之气,还发出了具有哲理味道的议论。正因为这样,它在当时的知识分子当中产生了相当的影响。

唐宋散文

金石录后序（节选）

李清照

今日忽阅此书，如见故人①。因忆侯在东莱静治堂，装卷初就，芸签缥带，束十卷作一帙②。每日晚吏散，辄校勘二卷，跋题一卷③。此二千卷，有题跋者五百二卷耳。今手泽如新，而墓木已拱，悲夫④！

昔萧绎江陵陷没，不惜国亡而毁裂书画⑤；杨广江都倾覆，不悲身死而复取图书⑥。岂人性之所著，死生不能忘之欤⑦？或者天意以余菲薄，不足以享此尤物耶⑧？抑亦死者有知，犹斤斤爱惜，不肯留在人间耶⑨？何得之艰而失之易也⑩？呜呼！余自少陆机作赋之二年⑪,至过蘧瑗知非之两岁⑫,三十四年之间,忧患得失,何其多也⑬? 然有有必有无,有聚必有散,乃理之常⑭。人亡弓,人得之,又胡足道⑮! 所以区区记其终始者,亦欲为后世好古博雅者之戒云⑯。绍兴二年玄黓岁壮月逆甲寅,易安室题。

讲一讲

李清照(1084～1154),号易安居士,历城(今山东省济南市)人。她的丈夫叫赵明诚,密州诸城(今山东省诸城)人,是有名的金石学家。李清照是宋朝最有名的女词人,也是中国文学史上少见的女作家。

① 此书:指《金石录》。《金石录》一书是赵明诚在李清照的协助下,对古代金石诸刻和它们的拓本所编目录、所写题跋的总集。它是我国金石学史上的名著。故人:指赵明诚。

② 侯:古时候对州官的尊敬称呼。东莱:就是莱州(今山东省掖县)。静治堂:赵明诚在莱州做官时的书斋名。装卷:装裱卷子。就:完成。芸签:芸草做的书签。古时候藏书用芸香驱除书虫,所以称书签为"芸签"。缥(piǎo)带:用浅青色的束丝帛做的带子,这里指捆在书卷上的带子。帙(zhì):包书的布套。

③ 辄(zhé):总是。校(jiào):校对。刊:修订、删改。跋题:写在书籍、碑帖、字画前边的文字叫做"题",写在后边的文字叫做"跋"。

④ 手泽:指赵明诚亲手写在《金石录》上的墨迹。墓木已拱:坟墓上栽的树木已经长到要用双手合抱那么粗了,意思是说,人已经死了很久。悲夫:令人哀痛呀!

⑤ 萧绎:南朝梁元帝的名字。江陵:地名,梁的国都。554年,西魏攻打梁,到了都城江陵附近,萧绎向各地征召援兵,没人响应,他就把所聚集古今图书十四万卷一把火烧掉了。

⑥ 杨广:隋朝隋炀帝的名字。江都:地名,就是今扬州。复取:还要去取。616年,隋炀帝游览江都,后被宇文化及杀死。他聚集的图书有三十七万卷,都在广陵烧掉。

⑦ 人性之所著:人心中念念不忘的东西。著(zhuó):寄托,附着。

⑧ 菲薄:命薄。尤物:特别珍贵的东西。

⑨ 抑(yì):还是,或者。斤斤:明察认真的样子。

⑩ 艰:艰难。易:容易。

⑪ 少陆机作赋之二年:就是十八岁。陆机:晋朝的文学家,相传他二十岁作《文赋》。李清照十八岁时和赵明诚结婚。

⑫ 过蘧瑗知非之两岁:就是五十二岁。蘧(qú)瑗:人名,春秋时期卫国的大夫,字伯玉。《淮南子·原道》中说:"蘧伯玉年五十而知四十九之非",后来,人们把五十岁叫做"知非之年"。

⑬ 何其多也:为什么这么多呀。

⑭ 聚:团聚。散:离散。理之常:事理的规律。常:法则,规律。

⑮ 亡:失掉。胡:什么。道:说。这句是说,有人失掉弓,也有人得到弓,还有什么值得说的呢?

⑯ 区区:方寸之地,指心里。其:指金石器物。终始:前后经过,来龙去脉。博:指渊博的知识。雅:指情操高尚。博雅:渊博,高雅。戒:告诫。云:语尾助词。

 **译过来**

今天忽然翻阅《金石录》这本书，好像又见到了死去的亲人。因此回忆起赵明诚在莱州静治堂书斋的情景，那时他装裱这部书卷刚刚完成，用芸香做成了书签，用浅青色的丝帛做成系书带，每十卷一束，做一个书套。每天晚上，他总是要校对订正二卷，为一卷写题跋。这二千卷，写上题跋的有五百零二卷了。现在他的墨迹好像新的一样，可墓地的树木已经长到了要用双手合抱那么粗了。悲哀呀！

从前，南朝梁元帝萧绎当江陵被攻陷消灭的时候，他不顾国家灭亡，却把聚集的书画毁灭撕裂；隋朝隋炀帝杨广游览江都，国家颠覆灭亡，他不悲哀自己死亡，却还要把图书从京城运来。难道这是人心中的寄托，生死存亡都不能忘掉的东西吗？或许是上天认为我命薄，不值得享有这些特别珍贵的东西吧？还是因为死去的人地下有知，仍然对它们一点一滴都十分爱惜，不肯让它们留在人间呢？为什么得到这样艰难，而失去却这样容易？唉！我十八岁到五十二岁这三十四年中，忧患得失，为什么这样多。然而，有"有"就一定有"无"，有团聚就一定有离散，这是事理的规律。有人失掉了，有人就得到它，又有什么值得说的呢？我心里记住这些金石器物聚散的前后经过，也是想对后世好友及渊博知识的人的告诫。

 **帮你读**

这是一篇很动人的抒情纪实散文，它是李清照在丈夫赵明

诚死后六年写作的。1117年，刘跂为《金石录》写过序，赵明诚自己也写过一篇序，所以，李清照称自己的这篇序为后序。

李清照出身于士大夫家庭，非常喜爱文学艺术。她早期的作品，多是对爱情生活和大自然美的追求，感情细腻伤感；晚年的作品，主要表现个人的深愁惨痛和对往事的回忆，"物是人非"的思想和凄清愁苦的感情非常浓厚。我们节选《金石录后序》的这个段落，比较能体现李清照晚年作品的思想感情，同时也比较能够体现她作品的写作特色。

《金石录后序》全篇用诚挚和朴素的语言记录了李清照和赵明诚为搜集、整理、保存文物的辛勤经营以及乱离散失的曲折过程，而且也真实地描绘了北宋那个兵荒马乱历史图画的一角。节选的这个段落，写的是李清照因为重新阅读《金石录》而追忆赵明诚撰著这部书的情景，并抒发了对他的哀思。李清照引用南朝梁元帝萧绎烧书十四万卷，隋炀帝杨广烧书三十七万卷的典故，慨叹为什么这些文物"得之艰而失之易"？并且用"有有必有无，有聚必有散"来安慰自己，最后说明所以作序的原因。

这篇散文采用的是叙事和抒情紧密结合，错综有致的艺术手法，而且文笔曲折周详。这样，就使得叙事和抒情显得更加生动真切，发出"三十四年之间，忧患得失，何其多也"的感慨。

唐宋散文

峨眉山行记

范成大

唐宋散文

乙未，大霁①。……过
新店、八十四盘、娑罗平②。
娑罗者，其木叶如海桐，又
似杨梅，花红白色，春夏间
开，惟此山有之③。初登山
半，即见之，至此，满山皆
是。大抵大峨之上，凡草木
禽虫悉非世间所有④。昔固
传闻，今亲验之。余来以季
夏，数日前雪大降，木叶犹
有雪渍斓斑之迹⑤。草木之
异，有如八仙而深紫，有如
牵牛而大数倍，有如蓼而浅
青⑥。闻春时异花尤多，但
是时山寒，人鲜能识之⑦。
草叶之异者，亦不可胜数。
山高多风，木不能长，枝悉

下垂㉘。古苔如乱发，鬖鬖挂木上㉙，垂至地，长数丈。又有塔松，状似杉而叶圆细，亦不能高㉚，重重偃蹇如浮图㉛。至山顶尤多，又断无鸟雀，盖山高，飞不能上㉜。

自娑罗平过思佛亭、软草平、洗脚溪，遂极峰顶光相寺，亦板屋数十间，无人居，中间有普贤小殿㉝。以卯初登山，至此已申后㉞。初衣暑绤，渐高渐寒，到八十四盘则骤寒㉟。比及山顶，亟挟纩两重，又加毳衲驼茸之裘，尽衣笥中所藏，系重巾，蹑毡靴，犹凛慄不自持，则炽炭拥炉危坐㊱。山顶有泉，煮米不成饭，但碎如砂粒。万古冰雪之汁，不能熟物，余前知之㊲。自山下携水一缶来，财自足矣㊳。

移顷，冒寒登天仙桥，至光明岩，炷香㊴。小殿上木皮盖之㊵。王瞻叔参政尝易以瓦，为雪霜所薄，一年辄碎㊶。后复以木皮易之，翻可支二三年㊷。人云："佛现悉以午㊸。"今已申后，不若归舍，明日复来㊹。逡巡，忽云出岩下傍谷中，即雷洞山也㊺。云行勃勃如队仗，既当岩则少驻㊻。云头现大圆光，杂色之晕数重㊼。倚立相对，中有水墨影若仙圣跨象者㊽。一碗茶顷，光没，而其傍复现一光如前，有顷亦没㊾。云中复有金光两道，横射岩腹，人亦谓之"小现"。日暮，云物皆散，四山寂然㊿。乙夜灯出，岩下遍满，弥望以千百计。夜寒甚，不可久立。

丙申，复登岩眺望。岩后岷山万重；少北则瓦屋山，在雅州；少南则大瓦屋，近南诏，形状宛然瓦屋一间也。小瓦屋亦有光相，谓之"辟支佛现"。此诸山之后，即西域雪山，崔嵬刻削，凡数十百峰。初日照之，雪色洞明，如烂银晃耀曙光中。此雪自古至今未尝消也。山绵延入天竺诸蕃，相去不知几千里，望之但如在几案间。瑰奇胜绝之观，真冠平生矣！

复诣岩殿致祷，俄氛雾四起，混然一白㊶。僧云："银色世界也。"有顷，大雨倾注，氛雾辟易㊷。僧云："洗岩雨也，佛将大现。"兜罗绵云复布岩下，纷郁而上，将至岩数丈，辄止，云平如玉地㊸。时雨点有余飞。俯视岩腹，有大圆光偃卧平云之上，外晕三重，每重有青、黄、红、绿之色㊹。光之正中，虚明凝湛，观者各自见其形现于虚明之处，毫厘无隐，一如对镜，举手动足，影皆随形，而不见傍人㊺。僧云："摄身光也。"此光既没，前山风起云驰。风云之间，复出大圆相光，横亘数山，尽诸异色，合集成采，峰峦草木，皆鲜妍绚蒨，不可正视㊻。云雾既散，而此光独明，人谓之"清现"。凡佛光欲现，必先布云，所谓"兜罗绵世界"。光相依云而出，其不依云，则谓之"清现"，极难得。食顷，光渐移，过山而西。左顾雷洞山上，复出一光，如前而差小㊼。须臾，亦飞行过山外，至平野间转徙，得得与岩正相值，色状俱变，遂为金桥，大略如吴江垂虹，而两坯各有紫云捧之㊽。凡自午至未，云物净尽，谓之"收岩"，独金桥现至酉后始没㊾。

讲一讲

范成大（1126～1193），字致能，吴郡（今江苏省苏州市）人。他和陆游、杨万里、尤袤齐名，被称为南宋"中兴四大诗人"。著作有《石湖诗集》、《揽辔录》、《吴船录》、《吴郡志》等。

① 乙未：1177 年 6 月 27 日。霁（jì）：天气大放晴。

② 新店、八十四盘、娑罗平：峨眉山的三个地名。平：就是"坪"字。

③ 海桐（tóng）：一种四季常绿的灌木，长在福建省和广东省

海边。杨梅：一种水果。惟：只。

④ 山半：半山腰。大抵：大概。大峨：峨眉山的主峰。悉：全，都。

⑤ 昔：从前。固：固然，本来。季夏：晚夏时节，阴历六月。渍(zì)：浸。斓斑(lán bān)：斑点的纹路。

⑥ 八仙：花名，就是绣球花。它的叶子是椭圆形，秋天开淡紫色的花，花的样子像球。牵牛：花名，就是喇叭花。蓼(liǎo)：一种植物的名称，秋天开浅红色的小花，样子像麦穗。

⑦ 鲜：少。识：认识。

⑧ 长：生长、成长。

⑨ 鬖鬖(sān)：头发蓬松杂乱。

⑩ 塔松：松树名称，形状像宝塔一样的松树。

⑪ 偃蹇(yǎn jiǎn)：高耸曲折盘旋。浮图：佛家把塔叫做"浮图"。

⑫ 尤：尤其，最。断无：绝无。

⑬ 思佛亭、软草平、洗脚溪：三个地名。极：达到。光相寺：寺庙名，在大峨山绝顶。以前叫光普殿，唐朝以后叫光相寺，就是人们常说的"金顶"。板屋：用木板建成的房屋。后来用铜瓦，就叫做了"铜瓦殿"。普贤：菩萨名。我国佛教徒所传教有三大圣地：一是峨眉山，以普贤菩萨为主。二是山西省五台山，以文殊菩萨为主。三是浙江省定海县东一百五十里海中的普陀，以观音菩萨为主。

⑭ 卯(mǎo)初：早晨五点到七点钟为卯时，卯初是卯时初刻。申：下午三点到五点钟是申时。

⑮ 衣：用做动词，穿的意思。暑绤(xì)：夏天的衣服。骤：急

速，很快。

　　⑯ 比及：等到。亟(jí)：赶快。挟纩(kuàng)两重：穿上两件丝棉袍子。毳(cuì)：鸟兽的绒毛，此指细毛。衲(nà)：和尚穿的衣服。驼茸：驼绒。裘：皮袍。笥(sì)：竹箱。系重巾：头上包着几个头巾。蹑(niè)毡(zhān)靴：穿上毡靴。凛(lǐn)慄：冷得发抖。不自持：不能忍耐。炽炭：烧燃火炭。拥炉：围着火炉。危坐：端坐。

　　⑰ 前知：从前就知道。

　　⑱ 缶(fǒu)：坛子。财：通"才"。自足：够自己饮用。

　　⑲ 移顷：不久。光明岩：地名。炷香：烧香。

　　⑳ 木皮盖之：用树皮盖屋。

　　㉑ 王瞻叔：人名。薄：侵蚀。辄碎：就破烂了。

　　㉒ 翻：通"反"。支：耐，经。

　　㉓ 佛：指佛光，又叫圆光。太阳的光，投射在水蒸气上形成的，和彩虹形成的原因一样。峨眉山号称是佛地，所以人们叫它佛光。

　　㉔ 不若：不如。复：再。

　　㉕ 逡(qūn)巡：徘徊了一阵。傍：靠近。雷洞山：就是雷洞坪，有七十二个洞。

　　㉖ 勃勃：浓厚的样子。少驻：稍微停下。

　　㉗ 晕：光圈。

　　㉘ 倚立相对：和大圆光相对。仙圣跨象：塑造的普贤像都骑着大象。

　　㉙ 一碗茶顷：喝一杯茶水那么长的时间。傍：旁。

　　㉚ 四山寂然：四周山上空荡。

㉛ 乙夜：二更天的时候。弥望：满眼。

㉜ 丙申：二十八日。眺(tiào)望：远望。

㉝ 岷(mín)山：山名，在四川省北部。

㉞ 少北：稍微往北。瓦屋山：山名，岷山的支脉。雅州：地名，今四川省雅安县。

㉟ 大瓦屋：瓦屋山上大的山峰。南诏：古代国家名字，在今云南省大理一带。宛然：活像。

㊱ 光相：佛光。辟支佛现：凡事没有老师指教，自己觉悟佛道的叫做"辟支佛"。

㊲ 西域：指我国新疆和中亚一带。崔嵬(wéi)：高大。刻削：形容山又陡又险峻。

㊳ 洞明：透亮。烂：灿烂。曙：清晨。

㊴ 天竺(zhú)诸蕃：指印度诸国。如在几案间：看得很清楚，好像近在几棹之间一样。

㊵ 瑰(guī)奇：珍奇。胜绝：美妙。观：景象。冠(guàn)：超过。冠平生：超过平生所见到的。

㊶ 诣：到，往。致祷：向神祈求。俄：短时间，不一会儿的意思。氛雾：雾气。一白：一片白色。

㊷ 辟易：退却，敞开。

㊸ 兜罗绵云：像木绵那样的云彩。兜罗：木棉树。纷郁：积累重叠。辄(zhé)：即，就。

㊹ 偃卧(yǎn)：仰卧。

㊺ 虚明凝湛(zhàn)：空明沉静。

㊻ 既：不久，很快。相光：佛光。横亘(gèn)：横贯。尽：全，都。集：聚集。妍(yán)：美丽。绚蒨(xuàn qiàn)：美丽。

㊼ 食顷：吃一顿饭那么长时间。差小：稍微小。

㊽ 转徙：转移。得得：恰恰。相值：相当，相对。遂：于是，就。吴江垂虹：江苏省太湖吴淞江低垂的虹桥。圯（yí）：这里用来指低垂虹桥两头的支柱。

㊾ 凡：平常。

乙未这一天，天气大放晴。……走过新店、八十四盘、娑罗坪。娑罗这种树，它的树叶像海桐，又像杨梅，花是红白色，春天和夏天之间开放，只有峨眉山有这种树。起先登上半山腰，就可看见它；到了这里，满山都是。大概大峨山的上边，凡是花草树木飞禽昆虫全都不是世间有的。从前固然听人传说，现在亲身验证了它们。我来这里已是晚夏时节，几天之前下了大雪，树叶还有雪水浸湿的斑斑点点的痕迹。花草树木与别处的不同，有的像八仙花，但颜色深紫；有的像牵牛花，但大好几倍；有的像蓼，但颜色浅青。听说春天的时候奇异的花最多，可这个时候山上寒冷，人们很少能认识它们。草叶奇异的，也不能数得过来。山高多风，树木不能长高，枝条全都往下垂着。古老的藓苔像乱头发那样乱蓬蓬地挂在树上，下垂到地上，有好几丈长。还有塔松，样子像杉树，但叶子又圆又细，也不能长高，一层层曲折环绕像佛塔。走到山顶最多，又绝没有鸟雀，大概山高，它们飞不上来。

从娑罗坪走过思佛亭、软草坪、洗脚溪，就到达了山顶上的光相寺，也是木板房屋好几十间，没有人居住，当中有一间是供奉普贤菩萨的小殿。从早晨卯时初刻登山，走到这里已经是申时以后了。起先穿的是夏天的麻布衣服，慢慢地，越往高处，越寒冷了，到了八十四盘就很快地寒冷起来。等到山顶，赶快穿上两件丝棉袍子，又加上粗毛的和尚衣服和驼绒皮袍。竹衣箱里收藏的衣服全穿上了，头上包着几层头巾，穿上毡靴，还冷得发抖，自己控制不住就烤起火炭，围着火炉端坐。山顶上有泉水，可用它来煮米做不成饭，碎得像砂粒一样。自古以来冰雪的汁水不能煮熟食物，我从前就知道这些。因此从山下带来一坛子水，才够自己饮用。

过了一会儿，冒着寒冷登上天仙桥，来到光明岩，烧上一炷香。小殿上用树皮盖的屋顶。王瞻叔参政时曾经换成瓦顶，被霜露侵蚀，一年就破烂了。后来又用树皮替换瓦，反倒可以经受二三年。人们说："佛光出现都在午时。"现在已经是申时以后了，不如回到住处，明天再来。徘徊了一阵儿，忽然云彩出现在岩下靠近山谷当中，就是雷洞坪。云彩移动起来生气勃勃，就像仪仗队，到了岩上，就稍微停下来。云头出现了大圆光，各种颜色的光圈有好几道，和大圆光相对，当中有个水墨画似的人影，好像神仙圣人骑着大象。喝一杯茶水那么长的时间，光圈隐没。可它的旁边又出现一个光圈和以前一样，有一会儿时间也隐没了。云彩当中又有两道金光，横着照射在岩腹上，人们叫它"小现"。太阳落山的时候，云彩上的东西全都消散，四周山岭一片寂静。夜里二更天，灯光出现，岩下到处都是，一眼望去总有几千几百个。夜晚很寒冷，不能够长久地站立。

丙申这天，又登上岩头远望。岩后是岷山千万重；稍微往北就是瓦屋山，在雅州，稍微往南就是大瓦屋山，接近南诏，形状很

唐宋散文

像一间瓦屋。小瓦屋山上也有佛光，人们叫它"辟支佛现"。这些山的后面，就是西域雪山，高峻陡峭，如刻如削，大概有好几百座山峰。初升的太阳照耀它们，雪色透亮，置于像灿烂白银明晃耀眼的曙光之中。这雪从古代到现在从来没有消融过。雪山连绵不断延伸到天竺各个国家。相隔不知道有几千里地远，望着它们像近在几榻之间。珍奇美妙的景象，真是超过平生所见的了。

又来到岩上小殿去祈祷，一会儿雾气从四面起来，浑然一片白色。和尚说："这是银色的世界。"过了一会儿，大雨倾盆灌下，雾气散开。和尚说："这是洗刷岩石的雨。佛光将要大现。"木棉一样的云彩又密布在岩下，纷乱浓重地涌上来，将要到山岩几丈高的地方，就停住了；云彩平展像白玉铺地。这时还有一些零星小雨飘落下来，低着头看山岩中间，有一道大圆光仰卧在平云的上边，外边有三道光圈，每道光圈有青、黄、红、绿的颜色。光圈的正中，空虚透明，沉静精湛，观看的人各自看见他的身形出现在空虚透明的地方，一毫一厘都没有隐藏，就像对着镜子一样，抬抬手，动动脚，影子都跟随着身影在动，可是，看不见旁边的人。和尚说："这是收拢身形的光。"这个光圈隐没了，前山的风刮起来了，云奔驰起来。风云之间又出现了一道大圆佛光，横贯好几个山峰，收尽各种奇异的颜色，聚集合成灿烂的光彩，山峰花草树木，都显得那样鲜艳美丽，眼睛不能正面看着它们。云彩雾气消散了，但是有这道大圆佛光单单大放光明，人们叫它"清现"。凡是佛光要出现的时候，必定要先密布云彩。这就是所说的"木棉那样云彩的世界"。佛光依靠着云彩出现。这道大圆佛光不依靠云彩现出，就叫它"清现"，非常难得。吃顿饭的功夫，大圆佛光逐渐移动，经过大峨往西边去。身左看雷洞坪上，又出现一道佛光，如同前头出现的佛光，但稍微小了点儿。一会儿，它也飞着飘过山外边去了，到达平坦的原野之间又转移，恰恰和山岩正相碰着，颜色形状全都变了，就成了一座金桥，大概像吴淞江低垂的虹桥，而桥两边的支柱各自有紫色的云彩捧着它。大概从午时到未时，云彩和佛光全都消散，叫做"收岩"，只有金桥出现一直到酉时以后才开始隐没。

帮你读

《峨眉山行记》是一篇日记体游记，原来没有题目，现在的题目是后人所加。1776年6月，范成大从成都被召回朝廷时，利用两天时间观赏了峨眉山"佛光"。这篇游记就是以时间为顺序，记叙了观赏峨眉山"佛光"的情景。

"佛光"是峨眉山顶峰的一大奇观，它是在特定的自然条件下，阳光投射在水蒸气上所形成的一种奇异光彩。但是在科学还不发达的古代，佛教徒们对这种奇特的自然现象妄加附会，用来进行宗教宣传。作者登上峨眉山顶峰，连日光像大现，所以就把"佛光"的神奇美妙的景色，记叙了下来。

《峨眉山行记》全文可以分成五个部分。

第一部分从开头到"盖山高，飞不能上"。第二部分从"自娑罗平过思佛亭"到"自山下携水一岳来，财自足矣"。第三部分从"移顷，冒寒登天仙桥"到"夜寒甚，不可久立"。这三部分写的是作者登峨眉山的时间和天气特点，以及沿途所看到的景色和在普贤殿烧香，然后描述佛光的"小现"和"神灯夜来"的景象。

唐宋散文

　　第四部分从"丙申，复登岩眺望"到"瑰奇胜绝之观，真冠平生矣"。写的是眺望西域雪山的情景。

　　第五部分是全文的重点，作者描述了佛光的"大现"、"清现"和"金桥"的美景。作者先写佛光"大现"之前的雾和雨，然后对佛光"大现"的景象进行描写，由表及里，由近及远，层层展开。"俯视岩腹，有大圆光偃卧平云之上，外晕三重，每重有青、黄、红、绿之色"，这写的是佛光的外围情况，不仅描绘出了佛光光环的色彩，而且也表现出居高临下的观感。接着，"虚明凝湛，观者各自见其形现于虚明之处，毫厘无隐，一如对镜，举手动足，影皆随形，而不见傍人"。这写的是佛光的正中，描写得非常逼真，使人有一种身临其境的感觉。往下，作者用"横亘数山"比喻了佛光的奇伟宏大；用"尽诸异色"，表现了佛光的色调；用"不可正视"，表现了佛光的明亮。对于"清现"的描写，作者只是说出了它的特点"不依云"。最后作者把笔墨用在了"金桥"的形成上，"色状俱变，遂为金桥，大略如吴江垂虹，而两圯各有紫云捧之"。比喻具体鲜明，使人眼前似乎出现了一幅美妙的图画，沉浸于美的艺术享受之中。

百丈山记

朱　熹

登百丈山三里许，右俯绝壑，左控垂崖①，垒为蹬十余级乃得度②。山之胜盖自此始③。循蹬而东，即得小涧，石梁跨于其上④，皆苍藤古木，虽盛夏亭午无暑气⑤，水皆清澈，自高淙下，其声溅溅然⑥。度石梁，循两崖，曲折而上，得山门，小屋三间，不能容十许人⑦。然前瞰涧水，后临石池，风来两峡间，终日不绝⑧。门内跨池又为石梁，度而北，蹑石梯数级入庵⑨。庵才老屋数间，卑庳迫隘，无足观，独其

西阁为胜⑩，水自西谷中循石罅奔射出阁下，南与东谷水并注池中⑪。自池而出，乃为前所谓小涧者。阁据其上流，当水石峻激

相搏处,最为可玩⑫。 乃壁其后,无所睹⑬。独夜卧其上,则枕席之下,终夕潺潺,久而益悲,为可爱耳⑭。

出山门而东十许步,得石台。下临峭岸,深昧险绝⑮。于林薄间东南望,见瀑布自前岩穴濆涌而出,投空下数十尺⑯。其沫乃如散珠喷雾,日光烛之,璀璨夺目,不可正视⑰。台当山西南缺,前揖芦山,一峰独秀出⑱,而数百里间峰峦高下,亦皆历历在眼⑲。日薄西山,余光横照,紫翠重迭,不可殚数⑳。且起下视,白云满川,如海波起伏㉑;而远近诸山,出其中者,皆若飞浮来往,若涌若没,顷刻万变㉒。台东径断,乡人凿石容蹬以度,而作神祠于其东,水旱祷焉㉓。畏险者或不敢度,然山之可观者,至是则亦穷矣㉔。

余与刘充父、平父、吕叔敬、表弟徐周宾游之㉕,既皆赋诗以纪其胜,余又叙次其详如此㉖。而最其可观者,石蹬、小涧、山门、石台、西阁、瀑布也。因各别为小诗以识其处,呈同游诸君,又以告夫欲往而未能者㉗。

朱熹(xī)(1130~1200),字元晦,徽州婺(wù)源(今江西省婺源县)人。 他是南宋时期著名的理学家,著作有《朱文公文集》。

①百丈山:山名,在福建省阳县东北。许:表示大约的数量。俯:往下看。绝壑(hè):又深又险的山谷。控:临靠近。垂崖:陡峭的山崖。

②垒(lěi):一层又一层。 蹬(dèng):石台阶。得:能够。度:越过。

③ 胜：美景。

④ 循：顺着。 涧（jiàn）：两山之间的水沟。 梁：桥。

⑤ 盛夏：最热的夏天。 亭午：正午。 暑：天气炎热。

⑥ 淙下：发出淙淙的声音往下流。 溅溅：流水的声音。 然：形容词词尾，表示"……样子"。

⑦ 山门：通往寺庙的引道上的牌坊式的大门。

⑧ 然：这样。 瞰（kàn）：俯视，往下看。 临：靠近。 峡（xiá）：两山夹着的水道。 不绝：不断。

⑨ 蹑（niè）：踏踩。 庵（ān）：小庙，或者尼姑住的地方。

⑩ 卑庳（bì）：低矮。 迫：狭窄。 隘（ài）：狭小。 阁：小楼房。

⑪ 罅（xià）：缝穴。 注：灌。

⑫ 据：靠着，占据。 当：对着。 水石峻激相搏：石峻水激，互不相让，好像在搏斗。 玩：赏玩。

⑬ 乃：却，可。 壁：动词，修筑墙壁。 睹：看。

⑭ 独：单单。 终夕：整个晚上。 潺潺（chán）：水声。 益：渐渐地。 悲：动人。

⑮ 峭（qiào）岸：陡峭岩壁。 昧：幽暗不明。

⑯ 于：在。 林薄：丛丛树林。 濆（fèn）：漫溢。 濆涌：漫溢涌出来。 投：抛弃，扔掉。

⑰ 沫（mò）：水沫。 烛：蜡烛，这里当动词用，照射的意思。 璀璨（cuǐ càn）：光辉灿烂。

⑱ 揖（yī）：好像人作揖，这里是"对"的意思。

⑲ 历历：清晰分明。

⑳ 薄：迫近。 余光：晚霞。 殚（dān）：尽，全部。

㉑ 旦：早晨。

㉒ 若：好像。

㉓ 径：小路。凿石容蹬：在石壁上凿出石级为路。祷：祈祷。

㉔ 畏：害怕。

㉕ 刘充父、平父、吕叔敬、徐周宾：都是人名。之：指百丈山。

㉖ 纪：记叙。

㉗ 呈：恭敬地送上。

译过来

　　登上百丈山三里多路，从右边往下看，是又深又险的山谷；左边靠着的是陡峭的山崖。石头垒成台阶十来级才能够走过，山的美景大概从这里开始。

　　沿着石阶往东走，就可以看见一个小山涧，有座石桥横跨在它的上边，山上到处都是苍翠的藤条和古老的树木，虽然是炎热夏天的中午，却没有炎热天气；水都是很清澈的，从高处流下来，它的声音哗哗作响。走过石桥，沿着两边的山崖，曲曲折折往上行走，到了一座山门，有三间小屋，不能容纳十来个人。前边低着头看见山涧里的流水，后边靠近石池，风是从两边峡谷中刮来的，一天到晚不断。山门里横跨石池又是一座石桥。走过桥往北，踩着几级石梯进入尼姑庵。庵里只有几间老屋，又浅陋又狭窄，不值得观赏。只有它西边的小阁楼是一处美景。水从西谷当中沿着石缝奔流喷射出小阁楼下边，南边和东谷流水一起灌进池塘。从池塘里流出来，就是前头所说的小山涧流水。小阁楼占据在它的上游，对着那险峻的山石和湍急的流水冲击搏斗的地方，最可以赏玩。小阁楼后边筑了墙壁，没什么可看的。单单在夜里躺卧在小阁楼上，那么在枕席的下边，整个夜晚可听到潺潺的流水声，时间久了就觉得更加动人，算是可爱的了。

走出山门往东，十来步远，到了石台。石台下边对着陡峭岩壁，又深又幽暗非常险峻。在丛林中向东南望去，只见一个瀑布从前边山岩洞穴里漫溢出来，抛空而下有好几十尺。它的水沫就像散落的珍珠，喷洒的雾气，太阳光照射着它，光辉灿烂，使人睁不开眼睛，不能正看着它。石台对着山西南边的缺口，前边对着芦山，一座山峰单独地挺秀突出；而好几百里之间的大大小小的高山，也都清晰分明地出现在眼前。太阳迫近西山，晚霞横着照射，山上的紫色和绿色重重叠叠，不能够数得完。早晨起来往下看，白云布满山川，像大海的波浪上下起伏；而远近的各个山峰出现在它的当中，都像飞动飘浮，来来往往，有的涌现，有的隐没，片刻之间千变万化。石台东边道路断绝，乡村的百姓在石壁上凿出石级可以过去，而且还修建了一座神祠在它的东边，水旱灾害时在这里祈祷。害怕危险的人，有的就不敢走过。可是，山上可以观看的，到这里也就看完了。

我和刘充父、平父、吕叔敬、表弟徐周宾游览的峨眉山，全都已经赋诗用来记叙它的美景，我又依照旅游程度叙述它的详细情况如此，而最可以观赏的是：石蹬、小涧、山门、石台、西阁、瀑布。因此各人另外赋小诗来识别它的处所，呈给一块儿游览的人们，又可以用来告诉那些想来而不能来的人。

《百丈山记》是作者在宋孝宗淳熙二年，也就是 1175 年写作

的。这是一篇优美的游记散文，它对百丈山的涧水、瀑布、远山、阳光和云气等自然景色，进行了细致而准确的描绘，能够提高我们对山水的欣赏能力，增强对祖国山河的热爱。

全文可以分成四段。

第一段，告诉人们登上百丈山，在什么地方可以看到山中的美景。

第二段，记叙了百丈山小涧、石梁和寺庙中的景物的详细情况，它是分两层进行的。第一层从"循蹬而东"到"其声溅溅然"。写的是第一处美景：小涧和石梁。石梁"跨于其上"，小涧是"水皆清澈，自高淙下，其声溅溅然"，的确可以让游人心情清爽。第二层从"度石梁"到"为可爱耳"，记叙的是寺庙中的景物，集中地描写西阁和水源。"度石梁，循两崖，曲折而上，得山门"，把人们带到寺庙的门口，这里没有什么美景，但是向下可看到涧水，后临石池，从两峡不断送来凉风，别有一番情趣。进入山门，庵中的"老屋数间"，"独其西阁为胜"，因为"水自西谷中循石罅奔射出阁下，南与东谷水并注池中。自池而出，乃为前所谓小涧者"。这个地方最可玩赏的还是观看水石峻激相搏和躺卧石上听那潺潺的水声，使游人会越听越觉得可爱。

第三段，记叙的是从石台上所看到的景物，第一是瀑布，它"濆涌而出""其沫如散珠喷雾"，"璀璨夺目，不可正视"，真是叫游人神往。第二是峰峦，傍晚的峰峦"紫翠重叠，不可殚数"，早晨的峰峦却"皆若飞浮来往，或涌或没，顷刻万变"，给人一种强烈的运动感，使人进入了一种奇幻的境界。同时作者写了傍晚的阳光，"余光横照"，早晨的白云，"如海波起伏"，都显得非常生动形象，使人仿佛身临其境。

第四段,出于这种文体的习惯,交代了写作的原因。

《百丈山记》最大的写作特点,就是只用文字描绘画面,让读者观赏,作者始终没有出面。所以它很像一幅精确的导游图。运用灵活的笔触,偏重客观描绘;还用丰富变化的句法,气势流畅,很有吸引力。

唐宋散文的体裁

唐宋两代是我国古代散文发展的重要时期,唐宋散文的种类繁多,体裁丰富,对我国古代散文文体的定型起到了重要作用。为了便于少年朋友理解,我们在这里说说本书所选进来的一些散文体裁。

一、论说文

论说文,就是说明事物道理的文章。它要求有明确的论点,可信的论据,严密的逻辑推理判断。唐宋两代的论说文有很多种,下面分别来说说。

①论。论的说理方式以论证为主。它要求善于分析道理,而且分析得越透彻、越精粹,就越能体现"论"的特点。比如,苏洵的《六国论》。作者论述了战国时期六国对秦斗争的政治形势、六国灭亡的原因和历史教训,面对秦国的侵略,是联合抵抗,还是割地求和,这是六国存亡的关键问题。割地求和,只能削弱自己的力量,自取灭亡,"奉之弥繁,侵之愈急"。作者在分析六国对秦国的三种态度后,归纳出"赂秦"和"不赂秦"两种做法,很有说服力。同时,作者使用了一些生动形象的语言,使得文章不仅有强烈的说服力,又增强了文章的感染力。

②说。原指游说的文章,但唐宋时期已经没有游说之士。"说"的特点是阐述某一事物、某一问题的意义和道理,偏重于说明性和解释性。韩愈的《师说》,就是说明老师的作用和从师学

习的必要性、重要性。文章开头说："师者，所以传道、授业、解惑"，首先肯定了老师的作用，然后从"闻道有先后，术业有专攻"的客观事实，说明从师不应该有贵贱、长幼之分的道理，并以童子、巫医、乐师以至孔子为比喻，批评当时人们不肯从师的错误。周敦颐的《爱莲说》，全文百余字，却一直是我国散文史上脍炙人口的名篇，它借评说莲花，表现了对洁美人格的歌颂。

③ 原。所谓"原"，是推本求源的意思。它的特点就是论述事物的本原而又致用于当今，理论性比较强。皮日休的《原谤》，先说天，再说尧舜，最后说后世帝王，层层递进，逐渐引全文中心思想："后之王天下有不为尧、舜之行者，则民扼其吭，捽其首，辱而逐之，折而族之，不为甚矣。"感情激愤，言辞恳切，有着很强的战斗性。

二、杂记文

杂记文的内容很复杂，包括一切记事、记物的文章，也包括一些不容易归属的文章。

① 台阁名胜记。古人在修筑亭台楼阁时和观赏名胜古迹时，常常撰写记文，用来记叙建造修理的过程，历史的沿革，以及伤今悼古的感慨。台阁名胜记，一般记事只是缘由，重点在发表议论、写个人抱负。范仲淹的《岳阳楼记》就是很好的例子。作者先写出他写作《岳阳楼记》的缘由，接着写岳阳楼的位置和巴陵的胜状，描写了登楼人因为四时晴雨的景物不同，而产生不同的感情。最后道出了"先天下之忧而忧，后天下之乐而乐"的伟大政治抱负，并以此来勉励从政者。这篇记文把叙事、描写和抒情议论紧密地结合起来，十分生动感人，是台阁名胜记中首屈一指的名篇。还有，王禹偁的《黄州新建小竹楼记》、欧阳修的《醉

翁亭记》、曾巩的《墨池记》、苏辙的《黄州快哉亭记》等,都是这类散文中的名篇。

②山水游记。它是一种专门记游的文章,以描写山川胜景、自然风物为题材,写法可以多种多样。但必须是作者亲身的游历的记录,抒写的是自己对山川及物的切身感受。

山水游记在我国起源很早,但真正出现和逐渐成熟还是在唐朝。代表作家是柳宗元。到了宋代,开始出现借记游踪,写风景而说理的倾向,从而开辟了我国古代游记发展史上的一条新的道路。王安石的《游褒禅山记》就是典型的例子,作者以入山探洞写起,可重点却没有放在记游写景上,而是借题发挥,表述了治学上一些深刻道理。

苏轼的《前赤壁赋》,则是用赋的体裁来写的游记,以诗一样的语言抒写江西风月的清奇和作者对历史人物的感慨,又通过客与主的对答,水与月的比喻,探讨宇宙与人生的哲理,表现作者在政治上受到挫折时的苦闷心情和当他从庄子、佛家思想出发观察宇宙人生时的洒脱态度。

③讽刺小品文。唐朝末朝,有一批现实主义诗人作家,用匕首投枪般的讽刺诗歌、杂文,尖锐揭露抨击唐朝黑暗腐朽的政治。尤其是那些短小精悍、锋芒犀利的杂文,文学史称它们叫讽刺小品文,成就突出,很有特色。其代表作品有陆龟蒙的《野庙碑》和孙樵的《书褒城驿壁》。他们对腐朽的唐朝冷眼相看,或讽刺唐朝像一座乡村野庙,或痛心地揭露贪官污吏横行天下,对广大劳动人民寄寓深深的同情。

三、序文

序文是写在一部书或一篇诗文前边的文字,是对书或诗文的一种说明。李清照的《金石录后序》，除开头说明《金石录》一书的内容外，主要是围绕着她和丈夫一生的遭遇，来写北宋末年的荒乱和他们所保存的文物在乱离中散失的经过，实际上是一篇条理井然，文笔生动的叙事文。

另外，唐宋时期还有一种以"序"名篇的作品，大多用来记叙宴饮盛会的，叫做"序记"，王勃的《滕王阁序》就是这类作品。

四、书

书是我国古代文章中的重要文体，素为历代作家所重视，其突出特点就是它的实用性和内容的广泛性。唐宋时期这种文体出现过不少优秀作品，比如王维的《山中与裴迪秀才书》，不仅充满了诗情画意，而且非常含蓄，耐人寻味。

五、铭文

所谓的铭文，跟商周时代铸金刻石以记功、记事的"铭"不一样。它是一种警戒性的文章，用来随时提醒自己的言行，这种叫"座右铭"；有的刻在某些名山大川上的，叫做"山川铭"，有的题写在居室内的，叫"室铭"，刘禹锡的《陋室铭》就属于"室铭"。《陋室铭》全文只有81个字，以立意新颖，布局严整，语言精巧著称。作者以记写自己的"陋室"，来自述其志，表明自己安于朴素的生活，虽居住陋室，而"惟吾德馨"，实际上也是在劝诫自己要修德自好，不必去追求什么富贵荣华。

六、传状文

传状文，也叫史传文或历史散文。这种文体在东周时代就产生了，到了汉代司马迁的《史记》，开创了史传体。唐代的古文运动推动了各种文体的发展，也为纪传体文学开辟了广阔的道路，韩愈和柳宗元首先在这方面做出了贡献。比如柳宗元的《童区寄传》,作者记写了一位少年英雄的事迹,写出了一个曲折、紧张、惊险、动人的故事,并借着这篇传文揭露了当时社会人口买卖的罪恶。

宋代时期,史传文也比较发达,最有代表性的就是司马光主持编辑的《资治通鉴》。我们在本书选进了司马光的《平蔡之役》(节选),作者通过具体描写生动地向人们展示了平蔡这一著名战役的历史画面,特别是令人信服地塑造了李愬这位有智有勇、遵守法纪的将军形象,有着很高的艺术性。